一本好书是一位大师的呕心沥血之作，超越生命的生命，
值得永久珍藏和怀念。

*A good book is the precious lifeblood of a master spirit,*
*embalmed and treasured up on purpose to a life beyond life.*

大
方
sight

# 书店

[英] 佩内洛普·菲茨杰拉德 著

张菊 译

# THE BOOKSHOP

Penelope Fitzgerald

中信出版集团 | 北京

**图书在版编目（CIP）数据**

书店 /（英）佩内洛普·菲茨杰拉德著；张菊译
.－－北京：中信出版社，2019.4（2021.2重印）
书名原文：The Bookshop
ISBN 978－7－5217－0009－1

Ⅰ.①书… Ⅱ.①佩… ②张… Ⅲ.①长篇小说－英国－现代 Ⅳ.①I561.45

中国版本图书馆 CIP 数据核字（2019）第 022835 号

THE BOOKSHOP
Originally published in the English language by Gerald Duckworth and Co. Ltd 1978
Previously published in paperback by Flamingo 1989


书店

著　　者：[英] 佩内洛普·菲茨杰拉德
译　　者：张　菊
出版发行：中信出版集团股份有限公司
（北京市朝阳区惠新东街甲 4 号富盛大厦 2 座　邮编　100029）
（CITIC Publishing Group）
承 印 者：河北鹏润印刷有限公司

开　　本：889mm×1194mm　1/32　　印　　张：5.25　字　　数：88 千字
版　　次：2019 年 4 月第 1 版　　印　　次：2021 年 2 月第 2 次印刷
京权图字：01－2019－0342
书　　号：ISBN 978－7－5217－0009－1
定　　价：45.00 元

献给一位老朋友。

# 1

*

1959年，弗洛伦斯·格林偶然度过了这样一个夜晚，由于一些让人发愁的事，她不确定自己到底睡没睡着。她拿不准是否应该买下老屋那一小块地产（老屋在前滩还有自己的仓库），然后在哈德堡开一家书店，唯一的一家。正是这份犹豫让她无眠。她曾看到一只苍鹭飞过河口，飞翔时努力想吞下它抓住的一条鳗鱼。鳗鱼挣扎着想从苍鹭嘴里逃脱，出来了四分之一、二分之一、四分之三。这两个小东西胜负难决，颇为可怜——于它们而言，这份较量太过了。弗洛伦斯觉得，要是她根本没睡着的话（人们经常这么说，虽然事实并非如此），一定是因为想着苍鹭才这样的。

她很善良，只不过在自我保护这件事上，善良没什么用。在哈德堡，她半生中有八年多时间，靠已故丈夫留给她的微薄薪金度日。她最近在想，是否应该让自己看看，同时也让别人看看，她可以靠她自己过活。生存，在这寒冷凄清的东英吉利被认为是最重要的。本地人的想法是：生或死，要么寿终正寝，要么立刻埋到教堂的咸草皮里去。

从前面看，她个子瘦小，其貌不扬，从后面看更是如此。在哈德堡，从很远的地方就能看到人，每一件事都有人说长道短，即便这样，也没人谈论她。她的穿着随季节会有一点变化。人人都知道她过冬的大衣是什么样的，就是那种穿了一冬又一冬的。

1959年，哈德堡还没有炸鱼薯条店，没有自助洗衣店，没有电影院——除了隔一周的周六会放映一场电影之外；但对这些东西的需求已经体现出来了，没人考虑过，当然更没人想过，格林夫人会想着开一家书店。

"当然，此刻我代表银行不能给出任何允诺——决定权不在我手里，但我认为，原则上来讲，贷款应该没问题。政府一直的口风是限制私人借贷者，但明显已经有松口的迹象了——我可不是在泄露什么国家机密。当然，你也不会有什么竞争者。据我所知，忙蜂羊毛店出租几本小说，如此而已。你向我保证过，你在这门生意上很有一些经验。"

弗洛伦斯打算第三次向他解释她那么说的意思。她仿佛又看到二十五年前，威格莫尔街穆勒书店的年轻店员们：她和她的朋友们留着尤金波浪卷发，脖子上挂着链子拴着的铅笔。她记的最清楚的是清点存货，那时，穆勒先生会让大家安静下来，故意慢条斯理地念出年轻姑娘和她们搭档的名字，那是随机抽签抽出来的，他们将合作清点当日存货。小伙子都不够每个姑娘分的，但 1934 年，她还是幸运地抽到一个，查理·格林，他负责采购诗集。

“年轻那会儿，我对这门生意了解得比较透，”她说，“这些年来，这门生意也没本质上的变化。”

“但您从未在管理的位置上干过。嗯，还有一两件事值得一提，要是您愿听，就当作忠告好了。”

哈德堡没什么生意营生，因而要开一家店的想法，就像一阵海风刮进内陆深处，轻微地搅动起了银行迟滞的气息。

“基布尔先生，我不能占用您太多时间。”

“哦，这事儿您得让我说了算。我这么说吧，当您想着自己要开一家书店的时候，您得问问自己，您的目标到底是什么。那是任何一门生意都应该考虑的第一个问题。您是想为这个小镇提供一项它所需要的服务吗？您想获得相当的利润吗？或者也许，您只是想走着瞧，因为您根本不了解 1960 年代，这个完全不同的世界，到底为我们准备了些什么？我经常想，没有为想做点小买卖的男男女女开设的课程，真是很遗憾……”

很明显，是有针对银行经理的相关课程的。一说到他熟悉的领域，基布尔先生的声音变得抑扬顿挫，唾沫星子横飞。他说起专业记账员的必要性、贷款偿还制度、机会成本等。

“……格林夫人，有一点我想特别强调，对处在我们这个位置、眼界开阔的人来说，这一点是再明白不过的，但您也许从未想到过这一点，那就是：无论在任何时候，如果收入的现金不够支出的现金，那就可以说，离陷入经济困境不远了。”

十六岁，她开始自己养活自己，第一天拿工资的时候，她就知道这个道理了。她尽力克制自己，不要针锋相对地回击。她穿过市场走到银行大楼的时候——大楼坚实的红砖墙抵抗着肆虐的风——不是下过决心要理智、圆滑一点的吗？

“基布尔先生，关于存货，您知道穆勒那家店正要关闭，所以，我有机会从他们那儿买到我需要的大部分东西。”她设法说得果断些，虽然她觉得关闭对她个人的记忆来说是个打击。“我还没有对那些进行估价。至于房产价格，您已经同意，三千五百英镑对老屋和牡蛎棚而言，是个公正的价格。”

让她惊讶的是，经理犹豫了。

“房产已经闲置很久了，当然，这个问题是您的房屋经纪人和律师要考虑的——是桑顿，是吗？”哈德堡只有两个律师，这么问显然是明知故问，闪烁其词。“但我曾以为价格会更低一点……要是你决定等一等，房子跑不了……老旧……又潮湿……”

“银行是哈德堡唯一不潮湿的建筑。”弗洛伦斯答道，“也许整天在这儿工作让您要求变高了。”

“……另外我曾听到消息说，我的意思是在我这个位置上，我这么理解的，有人暗示说也许那栋房子会有别的用途，当然，总有再次出售的可能性。”

“自然，我是想把花销降至最低。”经理本来打算报以理解的微笑，但弗洛伦斯如此直截了当地补充时，他觉得没必要这么麻烦自己。“但我不打算转手出售。人到中年，向前走一步并不容易，既然已经走出了这步，我就不打算后退了。别人觉得老屋还可以做什么用途呢？过去七年，为什么其他人不做点什么呢？屋里有寒鸦的窝，一半的瓷砖都掉了，还有臭烘烘的老鼠味。如果人们可以站在那儿翻翻书，不是更好吗？”

“您是在谈文化吗？”经理说，语气半是歉意半是尊敬。

“文化是说给外行听的，我不能让店亏损，莎士比亚可是个内行。”

想让弗洛伦斯紧张很容易，但至少她深切地关心着什么。经理宽慰地说阅读很花时间。“我只希望我的业余时间能更多点。您知道，人们总觉得银行关门早，这看法是错误的。从个人角度说，傍晚我极少有时间能享受闲暇。但别误解，我也发现床头放一本好书，价值无可估量：每次躺下休息的时候，还没读几页，我就睡意浓浓。”

她想，照这个速度，一本好书得花经理一年多时间，而一本书的平均价格是十二先令六便士[1]。她叹了口气。

她一点儿也不了解基布尔先生，哈德堡几乎没人了解他。虽然报纸和电台一再告诉大家英国这几年经济繁荣，但大多数哈德堡人仍觉得手头拮据，并且本能地尽量躲着银行经理。鲱鱼的捕获量减少了，海军招募人数下降，很多退休人员仅靠固定的那点收入生活。这些人不会对基布尔先生的微笑回以微笑，他匆忙摇下奥斯汀·剑桥汽车窗，挥手致意的时候，他们也不会回礼。也许，这就是为

1 旧时货币单位。换算过来约合 0.63 英磅。

什么他会跟弗洛伦斯聊这么久的原因吧，哪怕他俩讨论的话题根本不是工作上的。按照他的话来说，话题已经到了令人难以接受的私人层面。

弗洛伦斯·格林跟基布尔先生一样，都可算是孤家寡人，但他俩并不因此在哈德堡显得与众不同，因为很多人都很孤独。本地的自然学者、割芦苇的人、邮递员、沼泽地的雷文先生，迎着风骑着自行车一个个走远，所有看到他们的人，都能从他们在地平线上再次出现的时候，估计出是几点几分。但并不是所有孤单的人都会出门。布伦迪希先生，萨福克家族里年代最久远一支的后代，就一直待在他的房子里，就像獾待在自己的穴洞里。夏天，要是看到他穿着深灰绿的呢子外套出门，那就像看到一丛移动的荆豆丛或是沙石路上的浮土。秋天，他便又进洞了。他的无礼让人愤恨，就像这里的天气，早晨还晴空万里，不一会儿就云海沉沉，全然不顾之前给人的印象多么明媚。

小镇本身是一个介于海洋和河流之间的小岛，一旦感到寒冷，就会咕哝着将自己圈守起来。好像是出于无心又好像是出于大意，大约每隔五十年，小镇就会失去和外界的又一种联系。到 1850 年的时候，雷兹河已无法通航，码头和渡口都朽坏了。1910 年，平转桥[1]塌了，从那以后，所有的车都得绕到十英里外的萨克斯福德才能过河。1920 年，老旧的铁路也停运了。哈德堡的孩子，要么能趟水，要么会潜水，大多数都没坐过火车，他们带着盲目的敬意，看着被遗弃的伦敦与东北火车公司的站台，生锈的锡条挂在风中，上面是弗莱牌可可和铁剂广告。

1953 年的洪水冲塌了海堤，除非是在潮水很低的时候，否则穿过港口入口处也危险了。一条渡船成了通过雷兹河的唯一工具。摆渡人在他的小屋门口用粉笔写上了一天中可以渡河的时间，但因为离海岸很远，哈德堡也没人能肯定到底是哪些时候。

银行面谈之后，弗洛伦斯顺从地接受了事实：如今镇上每个人都知道她去过那儿了，她决定索性去散个步。她踏过水沟上的木板，一群不知名的小动物在她前面钻进水里，发出沙沙声响，溅起水花。头上的海鸥和白嘴鸦顺着气流自信地飞翔。风已经转向了，向海岸吹去。

沼泽地上是垃圾堆，然后是崎岖不平的田野，也就只能让农夫围上篱笆。她听到有人喊她的名字，或者不如说她看到了，因为喊出的话立刻就被风吹跑了。沼泽里的人

1 指桥跨结构可以绕一根竖轴旋转的活动桥，平转 90° 时，可让河道上的船只通过。

正在招呼她。

“雷文先生，上午好。”这句也没法听到。

附近没有其他帮手的时候，雷文就相当于是编外兽医。他在市议会的地界里，草地以每周五先令的价格出租，租下来就可以在那儿放牧。一匹栗色萨福克老阉马在对面很远处站着，耳朵跟着领地上人的动静灵巧地动着，像挂在圆杆上的挂钩。它靠着篱笆，四腿僵直，疑心重重地守着地盘。

走到离雷文五码[1]远的时候，她明白了他是想借她的雨衣。他自己的衣服硬邦邦的，一层套一层，需要的时候也没法褪下来。

除非迫不得已，雷文从不找人要任何东西。他点头致意，接过雨衣，悄悄穿过田野，走到一直紧密注视着周围动静的老马旁，她则躲在刺丛避风处尽量让自己暖和点儿。马每动一下，鼻子就会翕动张开。看到雷文没拿着缰绳，它似乎比较满意，没再多想。可最终，无论它明白与否，随着一声叹息，一阵颤栗从鼻子传到尾巴。接着，它的头垂了下来，雷文用雨衣的一只袖子捆住了它的脖子。为了表示独立，它把头扭到一旁，假装在篱笆底下潮湿的

1 约 4.5 米。

草地上寻找新草。什么也没找到，它尴尬地跟着沼泽地的人，走过淡漠的牛群，向弗洛伦斯走去。

“雷文先生，它怎么了?”

“它吃草，但它什么也没吃到。它的牙齿钝了，那就是原因。它扯掉了草，但嚼不动。”

“那我们能做什么?”她立刻满是同情地问。

“我可以把它的牙齿锉一锉。”沼泽人答道。他从口袋里掏出缰绳，把雨衣递还给她。她转过去，背着风把雨衣扣好。雷文把马引向前来。

“格林夫人，现在你得抓住它的舌头。我不会逢人就让他帮这个忙，但我知道你不会害怕。”

“你怎么知道呢?”她问。

“他们都在说你打算开一家书店。那说明你准备好要向不可能的事情挑战。”

他的手指划过松松的马皮，皱得可怕，在马的颚骨之上，嘴以一种夸张的哈欠方式慢慢张开，高耸的黄色牙齿露了出来。弗洛伦斯用双手紧紧抓住滑腻的黑色大舌头，那舌头上面光滑，底下粗糙。她像旧时的捕鲸手，顽强地握着舌头往上提，让它远离牙齿。马站着，默默地流汗，等着结束。只有它的耳朵抽搐着表示抗议，这样的事情怎么会发生在它身上。雷文用一把大锉子开始锉两边的牙冠。

“格林夫人，坚持住，别放松，我知道那东西滑得要死。”

舌头像一个独立的生命体翻腾着。马蹄交替跺着，就好像怀疑蹄子是不是都落地了。

“它不会往前踢吧，雷文先生?”

“要是它想，它可以啊。”她想起来了，萨福克矮马除了不能疾驰，啥都行。

“您为什么认为开一家书店不切实际呢?”她冲着风喊道，“哈德堡的人不想买书吗?”

“他们对任何稀有物品都失去兴趣了。”雷文边锉边说，“比如说，这儿剖开后烟熏的鲱鱼就比整条烟熏的鲱鱼卖得多，但实际上后者是半熏的，味道更细腻。现在您也许会告诉我，我估计您会这么说：书籍不是稀有物品。”

老马一被放开，就发出了深沉的叹息，它盯着他俩，就好像对两人彻底失望了。从它的大肚子里传来很大的响声，与其说像号角声，不如说像喇叭声，声音慢慢变小，像是一声窃笑。一团团尘雾从它身体周围升起，就好像有人拍了垫子一样。然后，它忘掉整件事情，走到一个安全的地方，低下头开始吃草。不一会儿，它看到一丛翠绿的白芷，发了疯一样地吃起来。

雷文说这老东西可能不知道自己怎么回事，但会感觉更好一点。弗洛伦斯也是如此，她说不上来什么感觉，但是她被委以重任，在哈德堡，这可不是每天都有的经历。

# 2

*

弗洛伦斯下决心要买的那份地产可不是虚有其名，这里几乎没什么新房子，只有到了西北边，修了一半的市议会地区才有些新房子。这里的大多数房子都可追溯到十八、十九世纪，但仍没法跟老屋比，只有霍尔特屋——布伦迪希先生住的地方比老屋年头更久。老屋是五百年前，用泥土、稻草、树枝和橡木横梁修建而成，之所以能保存至今，归功于一段石阶下的地下蓄洪窖。直到 1953 年，最后一次洪水消退，该窖仍蓄了七英尺深的海水，一些海水现在都还在那儿。

老屋前部有个大房间，后屋是厨房，楼上有个斜顶的卧室。牡蛎棚属于这片区域，但并不与老屋相连，它在前滩，有两个街区之远。她本希望能把它用作存货的仓库，却发现以前为图方便，灰泥与沙滩上的沙子混在一起，而沙滩上的沙子是永远干不透的。任何放在那儿的书没几天就会因为潮湿变得皱皱巴巴。然而，她这份失望却让她与哈德堡的商家们走得近了些。他们对此都知道得更清楚，本来是可以早点告诉她的。他们现在觉得在智力的较量上占了点上风，开始祝她一切都好。

那些在哈德堡住得更久的人还知道，她那幢房子闹鬼。这个话题常被谈起，人们并不会故意绕开。有一个女鬼，黄昏时分，人们能看到她在渡口的码头上等她儿子回来，他可是一百多年前就淹死了。但老屋的鬼闹得没这么感人。老屋被一个捣乱鬼侵扰，还有潮湿以及污水处理问题，这也部分说明了为什么这么多年来，这块房产都不好出售。房屋经纪人没有任何法律上的义务提及捣乱鬼，但他也有可能间接提到了，他用的词是异常气氛。

捣乱鬼在哈德堡叫敲门鬼。它们可能好几年都不消停，接着突然间就停了。任何一个听到过捣乱鬼声音的人，都不会把它错认为是别的什么东西。那声音像极其愤怒之后，身体的一种发泄，就好像有什么东西，却发泄不出来。当她去查看工程进展时，水管工没有丝毫怨恨地说："你的敲门鬼一直在我的活动扳手上捣乱。"水管工说他的工具包被翻得底朝天，里面的东西散得满地都是。楼上通道里，到处扔的是淡蓝色睡莲图案的瓷砖。浴室的水管才接好一半，也像目击了什么似的，有种警惕的样子。和蔼的水管工去喝茶的时候，她关上浴室门，等了一会儿，然后猛地打开，重新严厉审视了一遍。她琢磨着要是有人那时候正看着她，一定会觉得她疯了。在哈德堡，“疯了”常用的词是“不对劲”，就像“病得厉害”会说成是“小恙”。“再这么下去，可能我最后也会变得不对劲。”她告诉水管工，希望他不要再把那东西叫作“你的敲门鬼”。水管工威尔金斯先生想，她会忍受得了的。

正是像这样的一些场合，让她分外想念早先穆勒店里的那些朋友。当她走进店里，脱下麂皮手套，把碎钻订婚戒指给大家看时，大家都踊跃地在新婚礼物名单上留下了名字。后来查理在战初的临时营地死于肺炎，名单上仍然是那串名字。几乎所有在邮递、派送和柜台部的女孩子们都在战争中失去了联系，即便她还有她们的地址，她发现自己也不愿意承认，她们跟她一样变老了。

这倒不是说她在哈德堡没熟人。比如，罗达制衣店就挺待见她的。但她的小秘密却没得到尊重。罗达，也就是杰茜·韦尔福德，受托做件裙子，她毫不犹豫地就把这事儿说开了，还把料子给人看。

“这是准备在施岱德庄园，将军和加马特夫人的晚宴上穿的，要是我就不会选红色。他们的客人里还有从伦敦来的。”

虽然弗洛伦斯和加马特夫人在各种慈善募捐会上打过

照面，算是点头之交，但她从未想到会被邀请到施岱德庄园。她的书，还没有一本从伦敦运到，但她把这份邀请看作是对书籍自身力量的认可。

等到山姆·威尔金斯把浴室收拾到他自己满意的程度，瓷砖也重新贴上了墙顶，弗洛伦斯·格林便带着她那点儿家当，迫不及待地从公寓里搬了出来，果断地住进了老屋。即便睡莲瓷砖贴得很紧，这个地方住着也并不令人安心。夜里，没接好的水管都没响声了，似鬼在闹的奇怪声音还一直出现。但如果勇气和耐心没经过考验，那它们又有什么用呢。她只希望杰茜·韦尔福德把新裙子拿给她试的时候，不会出岔子。但那种考验不会有了，因为口信传来，让她去隔壁的罗达制衣店试衣服。

“我觉得这颜色也许真不适合我。你觉得这是深红吗?”杰茜说更像石榴红或者铁锈红，这么说让她略感宽慰。但这种红里似乎有某种不那么让人满意的东西，她看着穿衣镜，镜子里的影像似乎不情愿地动来动去。

“背部似乎一点也不服帖，要是我大部分时间都靠墙站着的话……”

“你穿一阵子就服帖了，”裁缝斩钉截铁地说，“你可以戴点礼服首饰来吸引别人的注意力。”

“是吗?”弗洛伦斯问。试衣现在似乎变成了某种策划，目的是不让任何人注意到她的新裙子。

“我得说，说到底，我比你更习惯晚上打扮好出门。”韦尔福德说，“你知道，我打桥牌[1]，毕竟这儿没什么好玩的，我每周去弗林特市两次。上午一便士一百分，傍晚两便士一百分。当然，那种场合我们穿长裙。”

她往后退了几步，在镜子里照了一下，然后走回来，用别针调整。弗洛伦斯很清楚，怎么改，她看起来都仍然是个小个子。

“真希望我不用去赴这个宴。”她说。

“我愿意替你去啊。真可惜，加马特夫人总认为从伦敦订购一切才合适，但其实一切都会安排得很周到，没必要站在那儿数三明治。到那儿后，你就不用在意自己的外貌了，没人会注意你，不管怎么说，你最后会认识房间里每个人。”

弗洛伦斯曾觉得自己不可能认识所有人，确实，并不是每个人她都认识。不管怎么说，施岱德庄园不是那种你

1 桥牌起源于英国，由十七世纪一种叫“惠斯特”的纸牌玩法演化而来，常被看作是一种高雅、文明，竞技性、技巧性、合作性非常强的体育运动。定约分数满一百分的叫成局定约，分数不足一百分的叫不成局定约。

一看客厅里的帽子和外套，就知道哪些人来了的地方。大厅铺着抛光的橡木地板，散发着温暖的气息，这样的房子就从未冷过。她在一面比罗达制衣店要明亮得多的镜子里看了看自己，真希望自己没穿红色。

穿过前面那扇门，有一个漂亮房间，里面传来陌生的声音。房间漆成了绿色，那时候，乔治协会[1]仍然推荐这个颜色。钢琴和小桌子上的银质相框，让人一眼就明白了维奥莉特·加马特的家庭关系网，这张网让她的力量远远超出哈德堡的范围。她那将军丈夫正一个个拉开抽屉和柜橱，目的不是为了找着什么东西，而是可以从一个房间逛到另一个房间。二十世纪五十年代，伦敦有很多舞台剧上演，台上总有一些角色通过各种门频繁进出，并且，往往在三小时后的第二幕，还能看到他们。将军就很适合戏里这样一个角色。他在茶点周围徘徊，讨好地微笑，随时准备着，希望自己能派上用场，哪怕就一小会儿也好，因为开香槟可不是女人的活儿。

宴会上没有银行经理或牧师，连弗洛伦斯的律师桑顿先生也没受邀，也没有德鲁里先生，另外的那个律师。她从背影认出了镇长，就这些人了。这个晚宴邀请的主要是

1 又译“格鲁吉亚协会”，他们推崇乔治王朝时期（即 1714—1830 年，乔治一世至四世时代）的建筑、家具及装修风格。

郡上的人，还有伦敦来的客人。她准确地推断：应该过不了多久，她就能搞清楚为什么自己会被邀请过来。

将军看到这个矮个子女人时舒了一口气，她看起来并不咄咄逼人，也不像是他妻子那边的。他从一打香槟中递给她一大杯。如果她不是他妻子那边的人，那他也不可能弄出什么大错。他肯定以前在哪儿见过她，却打死也想不起来她到底是谁。她仿佛能看透他左右为难的心思，于是告诉他，说自己就是那个要开书店的人。

“哦，就是你啊，我终于想起来了。你正打算开一家书店。维奥莉特对此很感兴趣。她会想着跟你聊聊这事儿。我想她过会儿就有机会跟你说话了。”

加马特夫人是女主人，她随时都能找到这个机会，不过弗洛伦斯可没高估自己的重要性。她喝了些香槟，白天那些小烦恼，随着香槟微小的气泡，向上升至金色的杯口，消散了。

她以为将军在意识到已尽主人之职后会走开，但他徘徊不前。

“你店里会进些什么样的书呢?”他问。

她都不知道该如何答复他。

“现在书店都不怎么卖诗歌方面的书了，是吗?”他又问道，“我没看见什么诗歌方面的书。”

“我肯定会进的。诗歌没有别的好卖。要了解所有的存货，需要花一些时间。”

将军听到这儿很惊讶。他当陆军中尉的时候，不花什么时间，就能认清他手下所有的人。

“‘死亡何其易。只要说声，他们死了。’你知道这是谁写的吗？”

她多么希望自己能说知道，但她不知道。他眼中充满希冀的光亮渐渐消失，很明显他以前也这么试过，也许试过很多次。晚宴觥筹交错的声响很大，他的声音那么低，她几乎都快听不清了。他继续说：

“查尔斯·索利……”

她马上意识到索利肯定已经死了。

“他多大年纪？”

“索利？他那时二十岁。他在萨福克郡的斯韦德柏什，你知道的，九营 B 连，1915 年死于卢斯战役。要是他还活着，就该六十四岁了，我也是六十四岁。同龄让我想起可怜的索利。”

将军慢吞吞地走进喧闹的人群里，弗洛伦斯独自一人，周围那些彼此熟悉的人交谈着，有些人能在银质相框里看到。他们都是谁？她不在乎，毕竟，他们要是走进穆勒店的邮购部也一样会无所适从。一个年轻男人温和的声音这时从她背后传来。“我认识您。您一定是格林夫人。”

她想，要是他不敢肯定自己会被认出来，他也不会那么说。她确实认出了他。哈德堡人人都能说出他是谁，并且还会带点自豪，因为大家都知道他开车去伦敦上班，并且工作跟电视有关。他叫米洛·诺思，家住后巷角的纳尔逊小屋。他具体做什么不清楚，但哈德堡的人习惯于不清楚在伦敦的人具体干什么。

米洛·诺思个子很高，日子过得轻轻松松。说这句“我认识您，您一定是格林夫人”代表的是一种不一般的能量。他表面上的体贴周到实则是躲避麻烦的一种方式，看起来像同情的感情也是他避免麻烦的一种本能。很难说成长对这样的人意味着什么。他的感情，因为疏于表达，几乎已经消失殆尽。他已经发现适应性与好奇心一样有用。

“当然，我也认识你，诺思先生。”她说，“但我以前从未收到过施岱德庄园的邀请，我猜你经常来这儿。”

“我经常受邀。”米洛说。他给了她另一杯香槟。将军走后，她原以为一定会是自己一个人待着。她很感激。

“你人真好。”

“没那么好。”米洛说。他很少说言不由衷的话，毕竟彬彬有礼不等于人好。他多变的个性找寻并抓住别人的弱点，感觉到对自己有利时，内心便安顿下来。“你一个人住，是吗？你自己一个人搬进老屋没多久吧？难道你没想过再婚吗？”

弗洛伦斯一阵迷茫。她似乎被这个年轻人困在了一塘死水中，外面越来越大的声音变得断断续续，让思绪不知该如何运转。外面的时间似乎转得更快，她进来的时候，盘子上还放着欧芹点缀的三明治，现在只剩碎屑了。

“既然你问起，我结婚那会儿很幸福，”她说，“我丈夫跟我在一个地方工作过，后来他去老贸易委员会上班了，委员会后来成了政府的一个部。晚上到家后，他都会跟我说说工作的情况。”

“你那时候幸福吗？”

“我爱他，尽力了解他的工作。只是，有时候我会突然觉得男人和女人并非完全合拍，肯定有某些方面是合不来的。”

米洛更仔细地看了看她。

“您确信在打理一桩生意这事儿上，您得到了足够好的建议吗？”他问。

“我以前没见过你，诺思先生，不过，我想因为你的工作关系，你也许希望哈德堡有家书店。你在 BBC 一定经常碰到作家和有思想的人。也许他们有时会来这儿看你，呼吸点新鲜空气。”

“要是他们真来，我还不知道怎么办呢。作家哪儿都去，思想家我就拿不准了。当然，我想凯蒂会接待他们。”

凯蒂一定是穿红袜子的那个黑皮肤女孩——也许那是紧身裤，虽然在哈德堡还买不到，但在洛斯托夫特和弗林特市能买到——她和米洛·诺思住在一起。他们是镇上唯一没有结婚而住在一起的情侣。据了解凯蒂也在 BBC 上班，她每周只来这儿三次：周一、周三和周五，这样显得更体面一点。

“真遗憾凯蒂今晚不能来这儿。”

“但今天周三啊！”格林夫人忍不住大声说。

“我并没说她今天不在这儿，只是遗憾她不能来。她不能来，因为我没带她来。我觉得带她来也许会引起更多麻烦，不值得。”

格林夫人认为，他应该有坚持自己信仰的勇气。在她心中，这对年轻情侣可以向世俗挑战。而她自己年纪更大一些，有理由焦虑。

“不管怎么说，你一定要到我店里来看看。”她说，“我指着你呢。”

“千万别指望我。”米洛答道。

他扶着她肩膀两边，尽可能轻地晃了晃她，似乎是在强调。

“你今天晚上怎么穿红色？”他问。

“这不是红色，这是石榴红，或者说深锈红。”

这时维奥莉特·加马特夫人，哈德堡所有公共活动理所当然的女赞助人，向他们走来。虽然她背对着他俩，但还是察觉到了米洛的举动，她把那看作是艺术自由的表示，因此在她的客厅就不是那么不得体了。该是她和格林夫人说几句话的时候了。她解释说，整个晚上她一直想这么做，却总是不断被别的事引开。来了这么多人，大多数人她任何时候想见都能见到，而她真正想说的是大家对于新开张的书店多么感激，太有远见了。

加马特夫人语调慷慨激昂，她黑亮的眼睛似乎由某种机件撑开着，睁到大得不能再大。

“布鲁诺！您见过我丈夫了吗？过来告诉这位……夫人，我们有多高兴。”

弗洛伦斯涌起一阵不明就里的使命感，似乎愿意将她的生命奉献出来，为加马特夫人服务。

“布鲁诺！”

将军一直在尽力引起别人注意，他的手被一个绕在香槟瓶塞上的铁丝线刮伤了。他依次走到每群客人之中，把自己称作是活着的伤员，希望能引来微笑。

“我们一直祈祷，希望哈德堡有一家好书店，是吧，布鲁诺?”

他很高兴受到召唤，走到她身边停了下来。

“亲爱的，当然咯，祈祷没坏处。要是我们能祈祷更多，那就更好了。”

“只有一点，格林夫人，微不足道的一点：您没真搬到老屋里住着吧，您搬了吗?”

“搬了，我搬进去一个多星期了。”

“哦，但那儿都没水。”

“山姆·威尔金斯帮我把水管接好了。”

“维奥莉特，别忘了，”将军着急地说，“你最近常去伦敦，不可能每件事都关注到。”

“为什么我不能搬进去?”弗洛伦斯问，尽可能问得轻描淡写。

“您可别笑我，我有幸有这样的天赋，也许是一种本能，我能看清楚什么人适合住在什么地方。比如，就在最近——恐怕您要是不明白我正在说的是哪两栋房子，您也不能完全明白我的意思。”

“也许你可以告诉我你指的是哪两栋，”将军说，“这样我就可以慢慢跟格林夫人解释了。”

“不管怎么说吧，再说说老屋，这样的房子就是我指的那种。我相信我可以让您免于失望，甚或还能节省您一笔花销。其实我是想帮您，这就是我说这些话的原因。”

“您客气了，不需要任何原因。”弗洛伦斯说道。

“哈德堡有很多更合适的地方，那些地方在某些方面更适合开书店。比如说，您知道吗，德本的店要关闭了。”

她当然知道德本的水产店要关闭了。镇上每个人都知道哪儿将有空出来的房产，谁囊中羞涩，谁九个月之后需要更大的房子，谁将不久于人世。

“我们习惯于让老屋空着，所以多年来都没做什么……您这么匆忙搬进去，让我们都觉着羞愧。格林夫人，事实是，老屋这么突然改造成一家店，这让我们有点难过，我们很多人都想让它变成服务于哈德堡的某个中心，我的意思是艺术中心。”

将军紧张地听着。

“下次把这件事也加入祷告吧，维奥莉特。”

“……比如夏天室内乐，我们不能都指望奥尔德堡，冬天讲座……”

“我们已经有很多讲座了，”弗洛伦斯说，“牧师《风景如画的萨福克郡》的系列讲座，每三年就讲一次。”那些傍晚是愉快的，因为没必要仔细听，前面昏睡的几排，彩色幻灯片一张接着一张，无序地播放着，和牧师的声音根本不搭配。

“我们应该考虑得更长远一些，尤其夏天，这里会有远道而来的参观者。没有哪个地方有老屋这么合适的氛围。请务必——您愿意——再考虑一下吗？”

“我谈这笔生意有六个多月时间了，我不信哈德堡居然有人不知道这事儿。事实上，我肯定他们全都知道。”她看向将军，试图从他那儿得到求证。将军却把目光移开，盯着空空的三明治盘子。

“当然，”加马特夫人继续说，强调的意味更浓了，“一个很大的好处是——要是忽略这一点就很不合适了，我们现在有非常合适的人来打理，我的意思是，打理这个中心，打理好书籍、图画和音乐，想事、成事，并使之持续下去，保证一切都在正确的轨道上。”

她给了格林夫人一个含义明确的灿烂微笑，让人困惑的亲密感又来了。加马特夫人边点头边打手势，欢欣鼓舞的样子，当说着最后一句话的时候，她已经又回到拥护她的那群客人中去了。

弗洛伦斯独自离开大厅，走到小房间，开始找她的外套。她有条不紊地在一堆衣服中找着，同时反思：也许她还没老到干不动两份工作的时候，也许书店的活儿可以招募一个经理打理，她自己则去修一些艺术史和音乐赏析的课程，音乐总是用来欣赏的，如果艺术有历史的话。这样的话，她想，那就意味着得跑几趟剑桥了。

外面是清明的夜，她望向沼泽地，能看到雷兹湖那边，渔船等着退潮，锚灯清晰地标示出湖岸。外面很冷，寒风袭面。

“他们很好，邀请我来，”她想，“我猜他们一定觉得跟我说话有点尴尬。”

她一离开，客人们就重新组合了一遍，就像雷文那次把老马牵出来时，牛群所做的一样。现在他们都是同一类了，向着同一个方向，一起吃草。他们之间可以筹划很多事情，虽然他们通常筹划的都是比较偶然的事。到了客人该要回家的时候了，加马特夫人仍有点不开心，因为她对老屋的规划受到了挫折。这位格林夫人其貌不扬，却并没有当场应允任何事情。这并不要紧，但米洛给她又加的一点香槟，让她的思绪一直围绕着这个恼人的想法。她跟她堂姐的第二个老公说起这事儿，这位先生跟艺术委员会有点关系。她跟自己的堂弟说起，他不久就要升至规划部。她还跟她聪明的侄子提起，他是西萨福克郡朗沃什分部议员，是“为公众提供美景与旅游胜地协会”的常务秘书。她还向戈斯菲尔德勋爵提起，勋爵冒险从芬斯那死气沉沉的城堡里赶了过来，因为若是口蹄疫再次爆发的话，他好几个月都不能来了。她跟这些人说起哈德堡音乐与艺术中心。在她聪明的侄子、堂弟等人的脑海中已经模糊留下这样的印象：必须得做点什么，否则维奥莉特会变得相当烦人。连戈斯菲尔德勋爵都被打动了，虽然他一晚上什么都没说，事实上，他开了一百多英里路，来陪他的老朋友布鲁诺，他就没打算说什么。他们对女主人都很好，这样才有好日子过。

到了该告辞的时候了。他们拿不准自己或妻子到底把钥匙放哪儿了。他们在前门磨蹭着，说不能让冷风进去。将军的老狗，一心巴望着门能打开，正在光亮的地板上无精打采地摇着尾巴。结果车又启动不了，其中一些人得留下来过夜的可能性越来越大。最后一点火星终于把车发动了，呼啸着开远，他们叫着喊着，挥着手。沼泽地的风在一切归于寂静之后，又逐渐清晰可闻。

# 3

*

第二天早上，弗洛伦斯给自己准备了一份鲱鱼——要是不知道怎么做鲱鱼，住在东萨福克还有什么意义呢——两片黄油面包外加一壶茶。炉具在后屋，这是老屋最温馨的一个房间，刷过石灰水。除了院子里砖砌的老井会有叹息之声，也还比较安静。之前的住户觉得很幸运，不用跑到户外去取水，更幸运的是，像石棺一样深的巨大浅黄色釉面水槽仍然还在那儿。一个黄铜水龙头，傲然发亮，冰凉的自来水从高处流出。

八点钟，她拔下电水壶的插头，插上收音机的，里面立刻说起塞浦路斯和尼亚萨兰的动乱；然后，语调略微有些变化的播报说，比起二十世纪初的 45.8 岁和 52.4 岁，现在男性的预期寿命是 68.1 岁，女性是 73.9 岁。她尽量让自己感觉这消息令人鼓舞。但海事警告又让她羞愧起来：北海，旋风变强，变东北强风，风力级别为强或非常强。坐在后屋，吃着深海捕到的鲱鱼，她感觉羞愧，也为这份无用的羞愧而羞愧。透过朝东的窗户，能看到暴风雨警报压向海岸警卫队，天空是惨淡发黄的绿色。

正午时分，晴朗了。从地平线一头到另一头，天空明亮起来。高空的白云绵延不绝，倒映在波光粼粼的水里，沼泽地看起来就像在云层之间。上午的小事忙完之后，她取了一条捷径从公地返回。正值小学第二个室外游戏时间，高年级的男孩和女孩们互相围成了一个圈，他们得开始准备11+考试[1]了；其他年级的男孩和女孩都分开在玩。一个小小孩独自站在那儿嚎哭。小家伙的户外装备很齐全，胸前一块手帕，背后用安全别针别着，羊毛手套在大衣领子下用一段结实的橡皮筋固定。很明显这孩子还太小，不够格跟男孩女孩玩。她试着安慰她。

“你是小班的，不应该现在出来玩。你迷路了吗？你叫什么名字？”

“梅洛迪·吉平。”

弗洛伦斯拿出一块干净手帕，帮梅洛迪擤鼻涕。这时

1 即小学最后一年为进入初中所参加的考试，也是小学生进入私立或者公立文法学校的入学考试。考试名称“11+”来自孩子升入中学的入学年龄，即11到12岁之间。英国的私立教育系统和公立教育系统都有11+考试。文法学校根据学生在11+考试中的表现选择学生，招收的都是当地最聪明最好的学生，学生接收到的也是很多人心目中的优秀学术教育。其他学校接收被文法学校淘汰下来的学生。

一个流浪汉一样的小人，头发漂亮得像干草，从一群女孩中跑了出来。

“没关系，女士，我是克里斯蒂娜·吉平。我把她带走。我们家有舒洁[1]，更卫生。”

她俩一起回到孩子们中间。男孩们玩着把对方射死的游戏，女孩们拍着旧网球，围成一个大圈，唱着：

一、二，百事可乐，

三、四，卡萨诺瓦[2]，

五、六，发卷卷发，

七、八，让她翻身，

九、十，再来一遍。

弗洛伦斯向南边看去，地平线被一片绵延的黑松树林挡住了，那是苍鹭的筑巢地。1953 年，海水淹没了这片林子，留下盐碱，苍鹭飞走了，再也没在那筑巢了。

在通向公地的窄门处，她看到水产店的德本先生朝她走来，几乎是跟踪她过来的；从侧面看，他带着失落的生

1 面巾纸品牌。

2 贾科莫·卡萨诺瓦，富于传奇色彩的意大利冒险家，作家，“追寻女色的风流才子”，十八世纪享誉欧洲的大情圣。

意人的神情。他一定是一直跟着她走到那儿的，确实，他就差承认这一点了。

“关于我那块儿地，格林夫人，马上要拍卖了，但要到四月，也许更晚点。我非常希望在那之前，能私下里把这问题解决好。现在，既然你已经表现出对不动产有兴趣……”他没停多久，她还没来得及反驳，他接着匆忙说：“要是你不打算继续待在老屋，也没打算彻底离开这个区——你懂的，我太忙了，根本没时间关注我听到的那些谣言——那么，道理很明显，你得重新找个地方。”

他一定是被他生意上的烦心事搞迷糊了，她想。他直接从他店里走出来的，头上还戴着鱼贩子的草帽，身上穿着旧得不能再旧的工作服。他狡猾混乱的话语让她灵光一闪，突然但并不奇怪，因为她立刻就意识到完全可以那么做。这是以警告形式出现的事实真相，她真应该对此充满感激。

“德本先生，这里一直有点误会，但一点关系也没有，我愿意帮助你。加马特夫人好心告诉我她的艺术中心的计划，我相信这个计划会让我们每个哈德堡人受益。并且我相信她也在寻找合适的地方，还有什么比一家空着的水产店更适合的呢？”

都没给自己留一点反思的时间，她跟德本礼貌地道别，像往常一样，窄门[1]令人尴尬地卡住了，她穿过窄门离开公地，再穿过高街，在玉米和种子商店右转，然后在纳尔逊屋再右转。从楼下的窗户能看到米洛·诺思，他坐在一张铺着拼花桌布的桌子旁，无所事事。

“你为什么没去伦敦?”她问，敲了敲窗格，对他不可预测的日常生活略微有点生气。

“我今天早上已经送凯蒂去上班了，请进。”

米洛把小小的前门打开，对这个房子来说，他实在是太高了点，房子涂了焦油，漆成了黑色，像渔夫的小木屋。

“也许你想来点雀巢咖啡?”

“我从没喝过，”她说，“但我听说过。有人告诉我说这个咖啡无需开水，即可冲饮。”她在一把精致的曲木摇椅里坐下，“这些东西对你来说都太小了。”她说。

“我知道，我知道，很高兴你今天上午过来，没有任何其他人曾经让我面对过这个事实。”

“很好，我来是想问你一个问题：加马特夫人在她的

---

1（仅供一人通过的）U 形或 V 形旋转的小门，一般用于农场，人可以方便通过，但牛羊等牲畜不能穿过。之所以叫“kissing-gate”，并不是说人经常在这儿“接吻”，而是指这种门在关上时，并不需要牢固地锁定，只是活动的部分“接吻”或轻触另一固定的部分，即可形成屏障，防止牲畜通过。

晚宴上说打理艺术中心的理想人选，她想着的那个人选就是你，不是吗？”

“维奥莉特的晚宴？”

“她希望我搬出去，事实上，更有可能的是希望我干脆搬到什么别的地方去，希望我明白，你会去老屋打理一切？”

米洛用他清澈的灰色眼睛凝视着她。“要是她指的是我，我认为她当时不会用‘打理’这个词。”

她指责自己虚荣、自欺欺人、蓄意误解。她是个女商人，为什么会有人认为她跟艺术有什么瓜葛呢？最奇怪的是，接下来的几天，她几乎都有主动搬离老屋的冲动了。仅仅出于虚荣而死守着这个地方的嫌疑让她几乎难以忍受。当然，加马特夫人，我是绝不会叫她或者指称她为维奥莉特的，你心里想的人是米洛·诺思。立刻让他来吧。我小小的书店生意在哪儿都行，无所谓。我只请求你别让社会习俗过快地被违抗，东萨福克还不习惯这样。至少，凯蒂在头几年还不得不住在牡蛎仓库。

稍微冷静一些的时候，她想，如果加马特夫人和她的支持者愿意从政府那儿申请到资助，愿意支付永久产权的钱，加上搬家的费用以及一点点利润，她愿意考虑其他的机会，重新开始，也许不在萨福克，也许都不在英国。在她这个年龄，还能有重新开始的机会，那可是弥足珍贵。毫无疑问，要是想成她是被赶出去的，或者是特权阶级将她推向水产店，那未免滑稽。

她蒙蔽自己，简单说就是有那么一会儿，假装人并非以根除者和被根除者来划分，其中前者，始终统治着后者。意志力在缺乏方向感时毫无效用。而此时她的意志力处于如此低谷，根本没法向她提供生存指导。

然而，她的意志力很快恢复了，并且她个人方面并没有怎么努力。那是在三月末一个星期二的上午，在十分钟之内恢复的。那天的天气很怪，让她想起了她看到飞翔的苍鹭企图吞咽鳗鱼的那天。近海的微风把晾衣绳上的衣服向西吹，沼泽地上的抽水机却在内陆来风的动力下向东转。秃鼻乌鸦在对抗的气流中盘旋。她把自己的小汽车停在海岸警卫队旁边的车库里，那是她能停的离老屋最近的地方了，然后从前岸穿过短车道或通道，走到她后屋的门。

通道非常窄，风大的时候，那些小砖瓦房似乎都要彼此粘在一起了，就像谚语中说的水手的孩子（紧紧抱着出海很久才回家的父亲）。开后门的时候得很小心，否则冷风会把炉子的火苗吹灭。她把钥匙插进锁眼，门却没开。

她有一会儿想着也许是僵硬的锁链或者木头变形了等等。一股敌对力量，跟她对着干，好几个回合，带着疯子的精明狡猾，总是比她反应快一点。摇摇晃晃的门等着她再试一次。这时后屋里传出一阵敲击声，听起来不像是一个东西敲击着另一个东西，更像是一连串小的爆炸声。接着，当她靠着门试着恢复呼吸的时候，门突然垮了，前后甩动，就像看一出滑稽戏时，一只手激动地拍得啪啪响。她双膝着地，摔倒在砖头地板上。

斯科尔巷的每个人肯定都看到她嘴啃泥摔在自家厨房里。比难堪、恐惧和疼痛更强烈的是一种冤屈感。敲门鬼是浴室和楼上过道里的常客，在后屋，她从未听过，也从未看到过任何恶意的痕迹。即便是那些神秘的鬼东西，也得遵守不成文的协定，敲门鬼已经越界了。她的意志力，现在感觉更像一种愤怒，伴随这份伤害，升腾起来。看不见的，正如穆勒店里的女孩子们所称呼的那样，和看得见的，都应该管好自己的事儿，不能多管闲事。两种力量都不能阻止她开一家书店。

因此，桑顿先生得到指示，尽快完成这笔交易，其实也就意味着要按照之前的计划进行。桑顿有限公司已经成立很多年了。法庭的大部分工作也许都留给德鲁里了，那个不是桑顿的律师，但桑顿完全可靠。当然，他也听说了大家都看到他的客户摔倒在街上，为那个老光棍雷文摁住马头，还拜访了米洛·诺思——桑顿很不喜欢的一个人。另一方面，她曾被邀请到施岱德庄园，而他自己却从未受邀，他还是希望加马特夫人有一天能明白过来，能把业务从德鲁里那儿转过来，德鲁里根本不擅长解决重要的家庭事务。不过，这么说格林夫人认识加马特夫妇。但他相信，在这一点上，事实也并非完全如此。

他把老屋的文件拿出来，解释说牡蛎仓库有点麻烦。渔业公司，按照一直以来的规矩，可以坚持说他们有权利直接穿过牡蛎仓库走到海边，并且也可以在阁楼上晾干船帆。

“直着穿过仓库，并不能走到海边，”她指出，“会走到天然气经理办公室。那儿压根也没法晾干什么东西——墙面都凝结着水珠，阁楼破败不堪，何况现在，港口的渔夫没有挂帆出海的了。这个问题花不了多长时间就能解决。”

律师解释说权利不会因为执行的可能性低而受到任何影响。他补充说，产权转让可不像一般公众想象得那么简单。“很高兴您今天来访，格林夫人，事实上，我偶然听到的消息，让我一直在想您是否对整个交易有更好的打算。”他由于好奇，似乎都在颤抖。

“更好的打算，你的意思当然是更差的打算。”她说。

“再考虑考虑吧，亲爱的女士。想到哈德堡这么小的社区将失去其中一员，总是令人难过。但如果其他地方有更好的机会，人们还是可以理解，并且会支持的。”

“你的意思是你以为我会改变想法，到别的地方去?”她真希望自己个子更高，哪怕只是半个小时，这样，在类似这样的面谈中，她就可以俯视，而不是仰视。“你的意思是你以为我想搬出老屋，顺便说现在那儿是我唯一的家，而你还在这儿犹豫不决地嘀咕渔夫的路权。”

“哈德堡有其他很多空着的房产，碰巧，我这儿有个更远些的地方的单子，比如弗林特市的，甚至伊普斯维奇的，我不晓得你是否考虑过……”

五月了，成群的燕鸥已经飞抵，随着翅膀的每一次拍打上下起伏，成百成百地在岸边的沙地上安顿下来。穆勒店里的存货用两辆卡特·帕特森的货车运来了，一周后，从批发商那儿订的货也运来了。至于其余的那些新书，她只能等着推销商上门了——要是他们愿意在完全不清楚销量的情况下冒这个险，来这儿的话。因为仓库没法用，在弗洛伦斯考虑如何安排期间，所有的货都堆放在楼梯下宽敞的橱柜里。

一天早晨，她从弗林特市开车回家，发现房子里满是十二三岁的男孩，穿着蓝色球衣，说他们是海上童子军。

“你们怎么进来的？”

“雷文先生从水管工那儿拿了钥匙。”其中一个孩子说。他像块草砖[1]，方正、可靠。

“他不是你们的船长吧，是吗？”

“不是，但他告诉我们到您家来。您需要做什么？”

“我想把书架都装好，”她说，一如既往地直截了当，“你们干得动吗？”

“女士，您能给我们弄多少把手钻？”

她出去买了手钻和成磅的螺丝钉。童子军们干了两个小时，回家吃了午饭，然后又来了。架子都装好之后，地板上，还有大部分书籍上，都蒙上了四分之一英寸厚的锯末。

“我们过会儿可以把这地方收拾好，清理好。”沃利说。

“我自己清理吧。”她说。她感到对他们充满了爱。“我想送点东西给你们的总部。”童子军总部是一艘老三桅帆船的残骸，搁浅在河口处。

---

1 草砖是一种环保节能的建筑材料，隔音、隔热效果非常好，一般由金属网络将麦秆等物质紧紧捆扎而成。

“您有摩尔斯电码或者《皮尔斯医典》吗?”

“恐怕没有。”他们都有些不知所措,“沃利,我告诉你怎么办吧,我想让你们把这些手钻都拿走。它们对我来说也没什么用了,我也不知道怎么用。要是我想打个洞或什么的,我会给你捎信的。”

“谢谢您,我敢说我们肯定用得上,”沃利说,“但我们做的每一份工作,我们都有义务贡献相当于十二块砖的价值的东西,给他们在南肯辛顿扩修的新贝登堡之家。”

她给了他五英镑,他敬了个礼。

“南肯辛顿是伦敦的一个地方。”他解释道。

童子军们,在雷文所施与的神秘且直接的影响下,又回来把架子刷白了,然后她就不再需要任何别的帮助,自己把已到的书籍摆上了书架。

新书十八本一捆,包在咖啡色薄纸里。她把它们分类后,它们就进入了自己的社会等级。厚重奢华的乡间别墅书,关于萨福克教堂的书,好几卷本的政要回忆录,因为它们的出生自然就占据了前窗的显耀位置。其他的书,也必不可少,但就没那么贵气了,它们会占据中间的架子——那是些关于汽车的书,从奥斯汀牌到沃尔斯利牌,还有关于卵石抛光技术的书,航海的、小马俱乐部的、野花鸟、当地报纸及导游书等。这些书中,畅销的是战争回忆录，书腰是黄褐色或血红色，面对彼此，就像不共戴天的仇敌。后面不显眼的是滞销书，主要以诗歌和哲学书为主，她基本没指望能卖完。销不动的另一类书是字典等工具书，也会直接放到后面去，和《圣经》以及奖品书放到一起，希望小学的特雷尔老师能把那些书给成绩好的学生。到的最后一批货是几板箱穆勒店里的破旧尾货，有一些甚至是二手书。虽然她曾受过训练，被告诫在工作的时候绝不要翻开任何一本书，她还是忍不住翻开了一两本人人文库版的旧书，用褪色的橄榄色木板装订，上面盖着金色的章。还是个小女孩的时候，她对那个精心制作的扉页便非常困惑：一本好书是一位大师的呕心沥血之作，超越生命的生命，值得永久珍藏和怀念。一番犹豫之后，她把它放到了宗教和家庭医学之间。

平装书她放在了右手的墙边。每本 1 先令 6 便士，色彩明快，看上去很亲民，井然有序地挤在架子上。这些书会卖得很快，她得欣赏它们，但她记得这样一个世界，只有外国人才喜欢软封软底的平装书。那些人人文库的书，带着破旧的尊严，面对着它们，似乎带着责备的神情。

因为店里一点地方都没了，后屋的厨房里放着两大抽屉的各类图书账本：总账本、重复订单、采购簿、退货簿、小额现金记账本。这些账本都还是空的，两栏一点都没动，这些不招人待见的账本，威胁着隔壁房间架子上沉默的“联邦”[1]。弗洛伦斯本人对记账很不在行，所以希望没人会看那些账本。这是弱点，因此她请了杰茜·韦尔福德精明的侄女每个月过来一次，帮忙检查一下，她在洛斯托夫特的一家会计师事务所工作。“时不时做点试算平衡”，艾薇·韦尔福德屈尊说，好像这对虚弱的人来说是一种滋补品。她俗世的智慧，以一个二十一岁的女孩子而言，令人惊叹，当然，得付她钱。桑顿先生和银行经理得知艾薇会帮忙料理，都松了一口气，他们说她头脑清醒得很。

1 这里指各种装帧风格和价格档次的书构成的“联盟”。

# 4

*

老屋书店将于次日上午开业，因为不确定应该邀请谁，弗洛伦斯并没想举办任何形式的庆祝。毕竟，心态是最重要的。如此想来，自己一个人也可以有一场满意的庆祝会。她正这么想着的时候，朝街的那扇门开了，雷文走了进来。

“你经常独自一人。”他评论道。

他为自己穿着高筒胶靴抱歉，然后环视一周，看看童子军做的架子怎么样。

“那儿比橱柜高出了八分之一英寸。”

但她没觉得有什么不对劲，并且，现在书已经放上去了，都朝前倾着（她不能容忍书靠后斜放着，就好像被打败的样子），任何不规范的地方都不那么容易看到了。就像那条红裙子，架子也会在她使用的过程中，变得顺服。

“那点抹灰有点难看，”雷文继续说，“下次你看到他们，可以指出来。”

要是他们没穿制服，她没把握能认出任何一个童子军来。但她错了，因为沃利出现了，穿着校服外套和农装部的耐磨裤子，她立刻就认出来了。

他说给格林夫人带来了口信。

“谁给你的?”雷文问。

“布伦迪希先生给的，雷文先生。”

“什么?他走出霍尔特屋，把信给你的?”

“不是，他只是靠着窗户一点点，‘啪嗒’了一下。”

“用舌头?”

“不是，用手指。”

“那你不可能隔着窗户还听得到啊?”

“没听到，我更像是意识到的。”

“他那时候看起来怎么样?有点苍白吗?”

沃利有点迟疑。“又白又黑。说不清楚他看起来什么样子。他的头都陷到肩膀里去了。”

“你那会儿害怕吗?”

“我觉得我应该赶快行动。”

“海上童子军就应该行动迅速。”雷文不假思索地回道。“尽管天气晴好，我也差不多已经有一个多月没看到他了，更长时间没听他说过话了。他没跟你说什么吧?”

“他说了。他清了清嗓子，告诉我说把这个给格林夫人。”

沃利手里拿着一个带黑边的白信封。虽然弗洛伦斯一直盯着信封，接过信封时，她仍难以置信。她从未跟布伦迪希先生说过话。即便在施岱德庄园的晚宴上，她也没想着会见到他。众所周知，加马特夫人，作为哈德堡所有重要事务的女庇护人，非常愿意把他看作朋友，但因为她在此地只有十五年，并且不是萨福克出生，她的愿望并未能实现。也许她的存在还没有引起布伦迪希先生的注意，并且另一方面，布伦迪希先生这些年大门不出二门不迈，要是他能知道弗洛伦斯的名字，都够让人惊讶的。

“我不明白这封信怎么会是给我的。”

她不打开信，雷文和沃利是不打算走的。

“你不用担心黑边，”雷文说，“他定制的这些信封，应该是在1919年，那时候他们都从‘一战’的战场上回来了。我那时还是个小毛孩，布伦迪希夫人过世了。”

“她怎么死的?”

“那件事很蹊跷，格林夫人。她是在穿过沼泽的时候，被淹死的。”

信封里有张纸，也是黑边的。

亲爱的夫人：

见信好。在我爷爷那个年代，高街上有家书店。书店曾经用一个对开本，将一个过分喧嚷的顾客击倒。我记得好像是因为连载的最新一节《董贝父子》到晚了。从那时到现在，没人有勇气在哈德堡卖书。您这么做真是我们的荣幸。要是我出门的话，我一定会造访您的店，不过现在，我特别不愿意出门。当然，我很乐意订阅您流通图书馆里的书。

您忠诚的

埃德蒙·布伦迪希

租借图书馆！她从未想过，况且好像根本就没地方了。

“他明显对移动租书处不满。”雷文说。

公共图书馆的货车每月一次从弗林特市过来。那些书，因为阅读得多，有一股奇怪的味道。哈德堡所有热爱阅读的人都把那些书读过好多遍了。

她陪沃利走到临街的门口，沃利对她的谢意点头表示认可。他似乎是个公众认可的信使，他的自行车满是采购的物品，车把翻转了过来，这样看起来更像一辆赛车。车把上挂着柳条篮，篮里一只母鸡。

“格林夫人，她在孵蛋。我要把她从我们家带到我表妹同父异母的妹妹家。她想养小鸡。”

弗洛伦斯把手轻轻放在母鸡松散的大团羽毛上。老母鸡缩成柔软的、淡黄色的一团，眯缝的眼睛几乎闭着，她整个身体的能量都专注于生产热量了。篮子本身以缓慢而坚定的节奏颤动。

“谢谢你带信过来，沃利。我明白你还有很多事要做。”她带着钱包，默默地又捐了一块砖的钱。

雷文没有马上走。他解释说他来的最初意图是想建议她找一个聪明的小家伙搭把手，也许放学之后比较好。

“你是想让沃利过来吗?”

“不，不是他。他不会待在家里与书作伴的。他喜欢数学。要是他真喜爱阅读，他在过来的路上应该就读了给你的信了，但你能看出他根本没那么做。”

雷文想的是吉平家的某个女孩。他没说一共有几个，似乎也没想过哪一个比较好。她们能干的好名声已经由她们的母亲吉平夫人传播开了。这家人住在教堂和老火车站之间相当不错的一块地上。吉平先生是个泥水匠，但经常能看到他在后面给豌豆搭架或者刨土豆，吉平夫人出门做点工。凯蒂在伦敦的时候，吉平夫人去帮米洛，她定期还会去布伦迪希先生那儿。

“我会跟她说说，”雷文说，“她可以让其中一个放学后过来，学校三点二十五放学。”

他走了。高筒胶鞋留下的湿脚印，像两栖动物的足迹，地板为了明天的开业已经抛光过不止一次了。有别人为她安排好一件事的感觉太好了。要是让她自己去做，她都没信心去拜访吉平夫人那人满为患的房子。

她的思绪犹豫地绕回租书处的问题。也许无关紧要，也许会失败。比如说加马特夫人，她会订阅吗？施岱德庄园目前没听到任何动静，但德本在大理石板上晾晒鲱鱼的时候，投来了半是责备、半是会意的目光，这向她表明争议仍然存在。至少在第一年，她的生意做得越小心越好。但把布伦迪希先生的信又读过一遍之后，她大声说：“我来看看能为租书处做点什么吧。”

要是她以为敲门鬼在店开张以后会老实点，那她就想错了。夜里不同的时间点，每个童子军敲进去的螺丝钉里，都会有那种尖细的敲打声，就好像在给那些钉子编号备查。白天，顾客会议论说隔壁罗达的店很吵，他们从未听到过缝纫机会发出那样的噪音。弗洛伦斯会答说，这些老房子，你没法说清楚到底怎么回事，她意识到自己说的真是大实话。她装了一个带铃铛的现金收纳机，铃声会让人把注意力从任何其他噪音上转移过来。

开张那天只在哈德堡引起了小小的关注。老屋本身没什么让人好奇的。长久以来，老屋一直空着，窗户破了，门锁坏了，区里的每一个孩子都在老屋玩耍过。第一周的营业额介于70到80英镑之间。小学的特雷尔老师买完了所有的《古不列颠的日常生活》，桑顿先生买了一本观鸟的书，银行经理出乎意料地买了一本健身方面的书。德鲁里先生，除桑顿先生外的那位律师，还有一位外科医生，都买了前英国空军特种兵团的人写的书，他们曾是进入欧洲战场的伞兵，极大地影响了战争进程。他们还预订了盟军指挥官的书，那些人对英国空军特种兵团颇多微词，还质疑他们的资质。那是在周二。周三下雨的时候，本地寄宿学校的女孩子们出来散步碰上有雨，到店里来躲雨，书店立刻像个羊圈一样被挤得满满的。女孩们湿漉漉的身体挤在一起，微微冒着水汽，她们把勉强挤放在平装书旁的贺卡翻了一遍，买了三张。弗洛伦斯得找些信封，但把9便士半、6便士半和3便士半放进去的时候，收银机卡住了。星期四，关门早，弗洛伦斯决定第一周营业例外一次，那天德本出现了，表示他并没有恶意，还四处看了看，擦洗干净的手在架子上都摸了一遍。他想要一本声乐谱的《弥赛亚》。

“你需要我把那本书放在预订单上吗?”她问，语气尽量显得友好。

“书要多久能到?”

“很难说具体哪一天到。出版商不喜欢一次只送一本。我一般得等到差不多有十二本的样子，才会向同一个出版商下单。”

“我本来以为那样一本书，你肯定是有现货的。你知道的，不管是在诺维奇还是在伦敦的阿尔伯特音乐厅，每年圣诞节都会唱亨德尔的《弥赛亚》。”

“存货空间不大的情况下，很难把每个人的兴趣点都记下来。”

“这跟你得依赖每天的捕获情况不一样，”德本说，“这儿没什么东西会变坏。”他的店到现在还没找到买家。

傍晚，她放下百叶窗，把订单放到一边，在她的老打字机上把信件处理完，然后读《书商》和《史密斯贸易新闻》。等到上床睡觉的时候，她已经非常累了，不再做关于苍鹭和鳗鱼的梦，至少就她自己所知，也不再做任何其他梦了。

也许，让自己立足于老屋的战斗已经结束，或者她认为曾经有那么一回事根本就是错的，也许那回事根本没发生过。要是她不确信到底是自己所想的哪种情况，战斗也许根本还没分胜负呢。

书店开业三周之后，加马特将军悄无声息地进来了。她一阵痛苦，担心他又要问查理·索利的诗歌；还好，他也只是想要前英国空军特种兵团的回忆录。

“现在我有很多闲暇时间了，我自己时常也想写点东西。从步兵团的角度写，你知道的，就是那些走在前头，然后被射倒的家伙。”

她把他买的书仔细包好。她非常希望能帮助通过一项法律，这样他就不会总是闷闷不乐了。也许他压根就不应该到店里来。至少，他来这儿，是经过某人勉强同意才来的。他环视四周，像得到假释一般，带着包好的书走了。

杰茜·韦尔福德精明的侄女第一次开车过来帮忙整理账目的时候，有些惊讶：销售额比她预料得要高。这门新买卖看来还是有些吸引力。

“我们能看一下交易情况吗？”她问，啪嗒着她的银色永锋牌钢笔，语气让她的雇主乖乖就范。“开了三个账户——小学的和两个医生的。你的坏账准备放在哪儿？”

“我不知道我有什么坏账。”格林夫人说。

“它应该占你分类账上的5%。还有折旧啊，那应该算入贷方，记在这儿，作为资产类账户上减少的一笔收入。有借必有贷。任何时候，你应该扫一眼，就能看清楚你的欠账和欠你的账。那才是一本好账本的目标。你肯定是想了解清楚的，不是吗？”

她负疚地希望她真的想。另一方面，她又想着如果她清楚知道自己的收支状况，像杰茜·韦尔福德认为的她应该的那样，连最后三个法新[1]都搞得那么清楚，恐怕她就没勇气把店开下去了。她几乎都不想提她想开个租书处的事儿。

天气俨然已步入初夏。“有给您的货！”沃利骑在自行车上大声喊道，一只脚歇在人行道上。“司机问了两次路，一次在煤气厂，一次在牧师住处。现在他转弯碰到麻烦了，他想一次就调过头来，要真那样，他就直接穿过您的后屋啦。”

这辆及时来到的面包车，刷着漂亮的红色和奶油色油漆，将会是哈德堡最熟悉的车之一。它是从布朗普顿书店来的，那是伦敦的卖家，无论距离多远，它都为乡下偏远书店提供租书服务。在弗洛伦斯的召唤下，它送来了第一批书，她得在承诺书上签字，并仔细阅读布朗普顿设定的条款。

1 据 1971 年之前的英国币制：1 英镑等于 20 先令（s），1 先令等于 12 便士（d）。便士并不是当时英国最小的货币单位，便士之下，最小的货币单位是法新（farthing），1 便士等于 4 法新。

那些条款与其说是为了商业交易，倒不如说是一种道德哲学的提示，或者理想国度的法律条文。可借的书分为A、B、C 三等。A 类书大家都想要，B 类是可接受的那种，C 类，老实说，又旧，又没人想读。她为她的订阅者每借一本 A 类书，就得接受 3 本 B 类书以及一大堆 C 类书。要是她多付钱，她得到的 A 类书会更多，但同时，也会有一堆的 B 类书和不招人待见的 C 类书，并且，只有把一批货都送回，才会发新货。

关于如何引导订阅者挑选合适的书，布朗普顿没给出任何建议，也许在骑士桥[1]，他们有自己的方法。

租书处开张的消息公布了，只是在书店窗户上贴了一个小小的告示，第一天，就有三十位哈德堡居民登记了。布伦迪希先生肯定算是其中之一。他没有明确表示想读什么书，其他三十个人倒都是很明确。这些人要么已经舒舒服服退休了，要么生意做得正好，他们都喜欢看皇室图片以及赞颂过去的书，所以他们都想读最新的《玛丽王后传》[1]。其实，他们中大多数对宫廷内部信息，了解得似乎比传记作家本人还多。德鲁里夫人说那些刺绣并不全都

1 伦敦市中心的一条街道，以高档零售店的密度而闻名。

1 这里的玛丽王后指的是泰克玛丽（Mary of Teck）（1867—1953），英王乔治五世的妻子，爱德华八世和乔治六世的母亲，女王伊丽莎白二世的祖母。

是王后亲自绣的，比较难的部分是宫女绣好之后拼接上去的。基布尔先生说我们再也看不到跟她相提并论的人了。

《玛丽王后传》当然是A类书。从时间上来说，桑顿夫人是第一个把这本书写在单子上的。弗洛伦斯对自己方法的公正性非常有把握，因此把桑顿的小条夹在了那本书里。每位订阅者都有一张粉色的小条，那些书都按照字母顺序排好了，等着来取。这个体系有个致命的缺点，每个人只需扫一眼就能清楚别人借到了什么书。他们不应该在那狭小的空间里翻来倒去，那是特意为租书处辟出来的一小块地方，但是他们太不习惯纪律或者说秩序了。

“我认为一定是搞错了，我觉得我的选择很清楚，这显然是本侦探书，并且压根不是最新的。”基布尔夫人补充说她半个小时之后再来。她总是认为一切事情都可以在半个小时之内弄妥。“我对《中国思想史》也不感兴趣。”她说。

租书处将在每周一下午两点至三点间开放，这段时间通常都是很空闲的。基布尔夫人真不应该来这么早。但就在两点的时候，好几个订阅者立刻就进来了，狭窄的书店后方，立刻就有了一种气氛，类似1945年英国银行极具历史意义的挤兑风潮。格林夫人记得银行被迫阻止客户，把墨水池熔化制成子弹，被迫支付六便士硬币。要是桑顿夫人早来把她的《玛丽王后传》一书拿走就好了。每次临街的门打开的时候，出现的都应该是桑顿夫人，但她似乎很满足于她取得的无可争议的权利，从不出现。每个人都能看到她的条，“我猜，这表示她可以第一个借走《玛丽王后传》。我碰巧得知她读书读得很慢，但那并不是我真正想说的。”

“桑顿夫人第一个提出要看这本书，我仅仅考虑先来后到的次序。”

“格林夫人，请允许我说一句，要是你有一点点委员会工作的经历，你就会意识到，仅仅凭一个考虑项就做出一个决定是多么草率。真遗憾。”

“在一个小镇上，我们自然而然彼此了解。我们中有些人也许比其他人跟皇室这个概念关系更紧密。有些人也许觉得他们有权利先读已故女王的故事，这也许是一种长久的效忠精神。”

“桑顿夫人对此确定无疑。”夏日午后的空气变得让人难受得暖和。又有两个订阅者进来了，其中一个偷偷告诉弗洛伦斯，桑顿夫人据悉在上一次选举中投了自由党的票。现在老屋和临街的门都被女士们堵了。四点钟的时候，因为工作时间在哈德堡比较短，她们的丈夫也加入进来了。

“我从来没想过我列的单子会招人误解，看，写得够清楚了。明显是一些简单的文书工作的失误。要是每个人都想看《玛丽王后传》，为什么不多订几本呢？”

老屋书店租书处暂时关闭，一个月后再开，届时，店主希望能有人帮帮忙。这是一种示弱的姿态。沃利给布伦迪希先生带去一封正式的回信，说明当下的处境。他没有看到那位老绅士，因此把回信给了送奶工，送奶工把它放在土豆堆的麻袋下了，挨着牛奶。布伦迪希先生的信箱早就锈得不像样子了，他现在就在那个地方收他的信。

# 5

*

我需要帮手，弗洛伦斯想。以为自己一个人可以打理一切，这想法很蠢。她拨通了《弗林特市-金斯格雷弗-哈德堡时报》办公室的电话。

“珍妮特，你能尽快办好吗?”她问。她看见了珍妮特放在电话总机室外的单冲程轻骑摩托车，知道自己碰上了可靠的人。

“格林夫人，您是想接通广告部吗?”

“是的，请转接那个号码。”

“如果您只想找个帮手，花那个钱不值当。吉平家随便哪个孩子放学后，就可以去您店里帮帮忙。”

“珍妮特，那只是可能，但不确定啊。”

“雷文一周前跟吉平家说过这事。他本想让老大去帮你，但吉平夫人出门摘豌豆时，她得看家。但还有老二啊，老三也行。”

她提醒珍妮特也许还有其他用户等着接通电话，珍妮特回说没有。

“私人电话大部分都打到奥尔德堡[1]问询音乐节的事了，其他人都在新开的炸鱼薯条店，那家店今晚开业。”

“珍妮特，这样的话，新店很可能出现火情。他们肯定用烹调油。我们应该把线路让出来留给紧急呼救。是德本先生在打理那家店吗？”

“并不是，德本觉得这对他的生意会是致命一击，他试图让牧师帮他说说话，说油炸的气味会飘进晚诵时的教堂里。但牧师告诉德本他不想卷入这些纷争中。”

她想知道，这些电话接线员议论她的书店时，都说了些什么。

第二天下午茶时分，一个十岁小姑娘毛遂自荐地出现在老屋。她脸色苍白，很瘦，但特别漂亮。她穿着牛仔裤，粉色开襟毛衣织法很是繁复。弗洛伦斯认出了她——在公地曾见过这个小孩。

“你是克里斯蒂娜·吉平，对不对？我原以为你姐姐……”

克里斯蒂娜答说现在傍晚时间长了，她姐姐要和查理

1 奥尔德堡音乐节，起始于 1948 年。此活动在小说第八章被再次提及。

·卡茨在蕨丛约会。其实，她刚刚就看到他俩的自行车藏在十字路口旁的蕨丛里。

“您就不用担心我会那样，”她补充道，“我明年四月才十一岁，我还没来那个呢。”

“你还有个姐姐？”

“她喜欢待在家里照看那两个小家伙：玛格丽特和彼得。给他俩起那两个名字真浪费，他和公主什么关系都没有[1]。”

“请别误会我不想让你在我这儿干活，只是，你看起来既不够大，也不够壮。”

“您不能仅凭外貌就下结论。您看起来够大，但您看起来也不壮。只要您是从我们家找的人，区别不大，我们干活都很麻利。”

---

1 英王乔治六世的小女儿名叫玛格丽特，玛格丽特公主是伊丽莎白二世唯一的亲妹妹。二十世纪五十年代初期，二十岁出头的玛格丽特爱上了比自己年长十六岁的飞行员彼得·汤森上校。然而在英国王室的眼中，这位在“二战”中击落了11架敌机的战斗英雄并不完美。他仅是当时乔治六世身边的一名侍卫官而且还离过婚。皇室反对，教会反对。两人最终未能结合。佩内洛普·菲茨杰拉德是一个非常善于将事实/史实融进她小说的作家。这里，从故事上下文中得知吉平家五个孩子：四个女孩和一个男孩。克里斯蒂娜是老三。老四和老五分别被命名为玛格丽特和彼得。克里斯蒂娜以她的“犀利”讽刺她的妹妹和弟弟，说这两个小家伙和这两位名人之间毫无关系。这个双关语，(1) 巧妙讽刺爱用名人之名给孩子命名的做法，也体现了克里斯蒂娜对妹妹弟弟名字的一种嫉妒之情；(2) 菲氏借小女孩之口，道出玛格丽特公主和汤森之间无果而终的爱情结局；(3) 10岁的克里斯蒂娜也知道议论五十年代的热门事件，这也从另一个侧面显示了这个小女孩的早熟。

她的皮肤干净透亮，丝一样的头发似乎没一点重量，最柔的风也会将它们从前额撩起。弗洛伦斯朝她勉励地笑笑，思忖着如何才能不伤她的感情。小女孩回以微笑，露出两颗磕破的门牙。

这两颗牙是去年冬天莫名其妙磕破的——晾衣绳上的衣服冻硬了，她在一件冰汗衫上撞了个正着。跟其他哈德堡的孩子一样，她早已学会忍耐。这里的孩子跑过沼泽桥上窄窄的过道时，像走钢丝绳的，要么跌跤受伤，要么掉水里淹得半死。他们彼此用石块或者从地里拔起来的甜菜根朝对方猛掷。有人告诉一个头脑不大灵光的男孩，说吃了用作诱饵的蛆会变得聪明点，他便吃下了一满罐子。克里斯蒂娜看起来瘦得不行，但据说吉平夫人很会照顾孩子。

“克里斯蒂娜，我明天去见你妈妈，跟她商量商量。”

“随您的便。她会让我每天放学后过来，周六来全天，您每周付我十二先令六便士。”

“那你的家庭作业怎么办？”

“回家茶点后找时间做。”

克里斯蒂娜有点不耐烦了，很明显，她已经决定立刻开始工作。她把粉色毛衣放到了后屋。

“那件毛衣是你自己织的吗？看起来很复杂。”

“织法是《妇女界》[1]上的，”克里斯蒂娜说，“但只是短袖的织法。”她皱皱眉，不愿意承认为了第一次面试留下好印象，穿上了自己最好的衣服。“格林夫人，您没孩子吗？”

“没有。我本来很想要的。”

“可是您已经过了那个年龄段了。”

还没接到干活的指令，她已经在店里忙开了，发丝飞扬。她打开抽屉，挑出了很多摆放方面的问题：展示的卡片不够，她说——她得分出更多的来。确实还有很多大包装的还没开封，就在抽屉后面，但格林不喜欢那些卡片。

开始，这孩子的分类方法有点怪。作为家里的老三，她分类组织的天赋被长期压抑了。她先以一种方法试着排了排卡片，然后又试了另一种方法。她忽视卡片上的文字信息，按颜色将它们分类，这样，玫瑰和落日就跟一只大红龙虾摆在了一起，龙虾带着苏格兰软帽，杯子举到唇边：“离别前，让我们来一小杯告别酒。”这肯定是一张样品。

“应该按照‘浪漫’和‘幽默’来分列这些卡片。”

---

1《妇女界》（*Woman's Own*）是英国女性生活杂志，创刊于 1932 年，每周发行，内容涵盖时装、美容、食物、娱乐八卦、购物优惠、生活故事、旅行等内容。

弗洛伦斯说。确实，这也是卡片制作者想象的对待人生旅途的两种态度。龙虾对离别以幽默待之，落日卡片上则印满了悲伤的话语。

“o'er 和 neath[1]是什么意思？”克里斯蒂娜大声问。第一次承认有她不懂的事情，她的雇主得到些许鼓励。克里斯蒂娜立刻就看出她失了阵地。“还有好多您都还没拆封呢。”她以责备的语气说。它们看起来是崭新的一套，裸体的男女纠缠在一起，上面还有大写的标题《我们今天没忘记做的事》。“我们得把这些扔了，”弗洛伦斯果断地说，“一些代理商压根不知道什么合适。”克里斯蒂娜笑弯了腰，说好些哈德堡的人并不介意他们的信箱里放几张这样的卡片。她挺有准备的，弗洛伦斯心想：租书业务重新开张后，这小姑娘的作用不可低估。

那天傍晚，弗洛伦斯陪克里斯蒂娜回家，吉平夫人颇有耐心地站在半开的门边，好像也没什么可跟她细说的。

小彼得正忙着在一行行的四季豆中间摆上一排排晾衣夹子。“克里斯蒂娜为什么回来晚了？”他问。

“她给这位女士干活了。”

---

1 o'er 和 neath 分别是单词 over（在……上面）和 beneath（在……下面）的缩写，这种缩写法多用于英文诗歌。

“为什么?”

“她有个店，全是书，人们可以去读书。”

“为什么?”

沼泽地明亮的地平线上，面包车和旅行车开始多了起来。有时候在路口会有点麻烦，如果想在前滩转弯，那肯定有困难。随车而来的还有出版商的推销员。即使在夏天，这趟旅行也不容易。终于到了的人似乎都不想放弃美好时刻，也不想把预约的书留下，而那些书才是弗洛伦斯真正想要的，条件是她得同时拿一堆没人要的小说做交换——那些小说，从它们略显破旧的书腰上看，就像没人要的女人。她同情推销员，同情那些日益老旧的书籍，因此选购起来并不理智。并且，他们远道而来，也应该在后屋给他们准备点茶水。好啦！下次再来这个偏远的破地方，就该是很久以后了，他们搅动着白糖，放松了一点点。“有一件事，竞争并不激烈，这儿和弗林特市之间，就没有别的售书点了。”

当他们意识到压根没铁路，未来所有的订单都得通过陆路运来时，他们的心沉了下去。等他们觉得该返回时，风已经刮起来了，他们的面包车，因为没了书压重维稳，前后摇晃，都抓不着路。动物中最有好奇心的小公牛，穿过草丛，温和地盯着这些汽车。

“我不知道为什么要买这些东西。”一次这样的来访之后，弗洛伦斯反思道，“我为什么要买呢？没人强迫我买，也没人建议我买。”她正看着两百张手绘丝质中国书签，鹤代表长寿，梅花代表幸福。她爱美的弱点出卖了她。很难相信哈德堡会有其他人愿意买这些书签。克里斯蒂娜安慰她：游客会买，来这儿度夏的游客，他们不知道该怎么花钱。

七月，邮差送来一封来自贝里·圣-埃德蒙兹的信，从信封的厚度来看，这封信很长，肯定不是订单。

亲爱的夫人：

您肯定有点兴趣，抑或很高兴知道，我是怎么听说您这家书店的。我已故妻子的表弟（也许，我该叫他曾经的表弟）通过第二次婚姻，认识了一个年轻人，他是朗沃什分部议员。在他姑姑（加马特夫人，我本人并不认识她）的聚会上，他告诉我哈德堡终于要开一家书店了。

她很好奇这事怎么会让她高兴，但她不应该太苛刻。

也许这会让您更觉得好笑，因为我写这封信，并不是关于书的事。

好几页这样的薄信纸，写信人名叫西奥多·吉尔，住在雅茅斯附近，是个水彩画家。他觉得不应该放弃世纪之交的愉悦画风，他想安排，或者说最好是给他在老屋安排一个小画展。他确信加马特夫人和她显赫的侄子，应该就是最好的引荐了。

弗洛伦斯看了看她的书架，架子后的墙上，一平方英尺的空间都没有。倒是还有牡蛎仓库，但即便是现在的仲夏时分，那儿仍是潮湿的。她把信放进抽屉，抽屉里已经有好几封类似的信了。人到中年，东萨福克的中上层人士便遇到了危机，之后，大部分人成了风景水彩画家。要是他们画得很差，倒也无关紧要，关键是他们画得都还不赖。所有的画看起来都差不多。装框后挂在客厅，窗外的风景，则是绵延空旷、无色无序的透明天空。

想在比教区大厅好点的地方办个画展的愿望，伴随着这个危机，让弗洛伦斯想起了她收到的“本地作家”的来信。画总是起名《悠闲的落日》，书则起名《徒步穿过沼泽地》或《驾车横穿东英吉利》，平原不横穿又能干吗呢？如果本地作家，按照他们自己的建议，来此处为热情的购书者签名售书，她该怎么安置他们，她不知道，一点也不知道。如果可以把楼梯底下的库存挪开，也许可以在那儿放张桌子。她都能想象得出他们的失望。挤在桌子后面，面前放着一支笔，几本书，几个小时过去了，却没有人来。“——先生，哈德堡星期二总是很静，尤其是天气好的时候。我也不建议星期一，因为星期一更静。星期三除了集市，也很静。星期四关门早。顾客会来买您的书的，肯定会，他们听说过您的大名，您是本地作家。他们肯定想要您的签名，他们穿过沼泽地而来，要么步行要么开车。”仅仅是想到有这么多痛苦和难堪，她都忍受不了，但至少，她可以保证不让这种事情发生。她把吉尔先生的信托付给了抽屉。

她太忙了，几乎都没意识到度假季已经到来。现在她看到海滨前排房子的每个窗户边都挂着浴巾。雷兹河的渡船每天来回好几趟，炸鱼薯条店用废弃机场上捡来的波纹铁扩展了店面。沃利似乎想问克里斯蒂娜愿不愿意去露营，弗洛伦斯琢磨着，他就是那个常在附近晃悠的孩子吧。克里斯蒂娜用从她姐姐那儿学来的矜持，拒绝了他的邀请。“那个沃利想为他的爵士乐团要走你的洗衣板，我曾看到他在后屋盯着洗衣板看呢。”“那他最好拿去，”弗洛伦斯说，“我一直都不知道怎么处理它，要是他乐意，他也可以把轧布机拿走。”

她该去沙滩上走走。今天周四，打烊早。住在海边，却连着好几个星期都不去看看海，似乎太不懂得珍惜了。实际上，她更喜欢冬日的海滩。她边洗澡边责怪自己，然后去彩石沼泽地的尽头站着晒太阳。孩子们蹲下身，仔细挑拣着石子放到小桶里，成年男人则挑拣其他的扔到海里。他们带来阅读的报纸已经被风吹跑。刺骨的风让妈妈们退进了海边小木屋，北海吹来的冷风让她们的扎营地躲得远远的。北边更远的地方，不太美观的东西都被冲上了岸。涨潮时留下了骨头和一些漂流物。一具正在腐烂的海豹遗骸也搁浅在那儿。

哈德堡的本地居民和游客们毫无畏惧地混杂在一起。弗洛伦斯看到了银行经理，他穿着条纹泳衣，都认不出来了，一起的还有他妻子和出纳主管。他大声喊话，虽是断断续续的，但终于还是听清了，他在说只工作不玩耍，聪明杰克也变傻，还说这是他今年第一次踏足这片海滩。无需回答。另一个声音从内陆传来，说最近天气一直挺好。雷文开着他的新面包车。下周他要把海上童子军带到伦敦的贝登堡之家，去参加一年一度的活动。那之后，他们一致决定去利物浦街站看火车。

继续沿着海滩向前走，每一步都像在冲刺。湿沙和鹅卵石就像不乐意承受她轻轻的体重，从脚旁渗上来，脚印里留下发光的水。留下任何一种印记都是令人欣喜的。走过死豹，走过绵延的石子——据说八十年前，有人找到了一块琥珀，跟自己的脑袋一样大——但那之后，就再没有人找到过琥珀了。她走到了一片荒芜地带，度假的人是不敢去那儿的。一条坑坑洼洼的小路向前延伸，又折回公地。形单影只或成双成对的人在那儿遛狗。她惊讶地发现，由于曾偶尔光顾过她的书店，他们中的大多数人她现在都认识。在远处他们就招手，由于地势很平，走近又很慢，近了还得再次挥手示意，笑容也得一直挂在脸上，直到分开。微笑让大多数的遛狗者愿意停下来聊一会儿，话题差不多都一样：租书业务什么时候再开张？他们都十分期待。狗狗们因为生气，很是僵硬，拉着主人的绳子往边上拽着。没穿鞋子，她觉得自己有点尴尬，真希望在去公地之前她把鞋子重新穿上了。

下午下雨的时候，尤其当坏天气碰上大风的时候，老屋全是成群结队无所事事的游客。克里斯蒂娜说他们把沙子都带进店了，还敦促他们买点什么。“随意翻看是书店的传统，”弗洛伦斯告诉她，“你应该允许他们站在那儿随便翻翻。”克里斯蒂娜说，如果德本也允许每个人都翻翻他刚捞上来的鱼，那会怎样？她的有些卡片上还留下了指纹呢。

艾薇·韦尔福德在她造访时间快到时，来看看书店的情况。她的多疑好问是书店成功与否的尺子，也是书店在哈德堡以外是否有名气的标准。

“往外退的货记到哪儿了？”

“没有，”弗洛伦斯答道，“书商是不会收回任何货品的。他们不喜欢退款或者退货安排。”

“但你有对内退的货，那是怎么回事呢？”

“有时候顾客不喜欢他们买的书。他们很吃惊，或者说他们不喜欢书里很明显的社会主义味道。”

“如果是那样的话，这笔钱应该记到你的个人账户上，在收益中扣除。”这是对她弱点的不满。“现在看看买入账本，一百五十张中国丝质书签，每张五先令——对吗？”

“每张都有一只不同的鸟或蝴蝶。有些是禾花鹊，很漂亮。这也是我买它们的原因。”

“我没问这个，你怎么做生意我不管。我的疑点在售货账本上，它们是以五便士的价格出售的。这你怎么解释？”

“是克里斯蒂娜的错。她以为那些书签是纸做的，把价格读错了。你不可能指望一个十岁的孩子能欣赏好几百年手工传承的东方艺术。”

“也许是不可能，但你没把每张书签损失的四先令七便士反映出来，那我怎么做试算表呢？”

“我们不能把这记到小金额现金账上吗？”弗洛伦斯恳求道。

“小额现金只能记录非常小的金额。我正想问你呢，这笔十二先令十一便士的支出是怎么回事？”

“我肯定是买了牛奶的。”

“你完全肯定？你养猫了？”

九月快过完时，度假的游客和海边的候鸟都显示出急于回归的迹象。小学又开学了，大部分时候，弗洛伦斯都是一个人在店里。米洛走了进来，说想给凯蒂买个礼物。他选了一本圣经地图的涂色书，弗洛伦斯觉得这个礼物虚情假意。

“维奥莉特没我行我素嘛，”他说，“她进来过吗？”

“我们刚开没多久。”

“六个月了。她会来的。她自视甚高，不可能不来。”

弗洛伦斯觉得释然，又觉得受到了一点侮辱。

“我希望很快就能重启租书业务，”她说，“也许加马特夫人……”

“你的店在赚钱吗？”米洛问。店里那时只有两三个人。其中一个是海上童子军，每天放学后都来读一章《我为元首飞行》[1]。他用一根吊着硬糖的绳做记号。

“你真需要这样一本书。”米洛并不十分急切地说。他腋下夹着一本薄书，封面是奥林匹亚出版社的树叶绿色。“这是第一卷。”

“有第二卷吗？”

“有，但我借给别人了，或者落在哪儿了。”

“你应该整套保管。”弗洛伦斯坚定地说。她看着标题，《洛丽塔》。“你知道的，我只储备好小说。小说卖得很慢，这本书好吗？”

“它能让你赚钱，弗洛伦斯。”

“但它好吗？”

“好。”

“谢谢推荐。我觉得有时候我需要建议。你心眼很好。”

“你在这件事上总犯错。”米洛答道。

真相是弗洛伦斯·格林这样的人从不能理解米洛那样的人的本性。正如她以为重力就是把事物拉向地心的力

1 德国作家海因茨·诺克著，他是第二次世界大战中纳粹德国空军的王牌飞行员，击坠的飞机包括 19 架美国陆军航空兵的重型轰炸机。《我为元首飞行》是一本关于他战争时期职业生涯的书，1952 年出版，1953 年英文版面世。此书已成为经典的航空著作。

量，而不是什么反作用力，她肯定性格就是好意和恶意的一场较量。她太单纯了，不会相信对米洛来说，他做的仅仅是对他而言比较方便的事情。

她记下《洛丽塔》这个书名，以及作者的名字纳博科夫。听起来像个外国名字，也许是俄罗斯的，她想。

# 6

*

克里斯蒂娜喜欢干锁门关窗的活儿，十岁半的她知道：也许这是她一生中做明白人的最后一个阶段了，这也将是她在小学的最后一年。来年夏末 11+考试的阴影已然来临。也许她真该放弃工作，专心学习了。弗洛伦斯担心被误解，也不好建议她的助手离职。过去的几个月，她俩之间少不了互相影响。如果说弗洛伦斯适应力更强了，那克里斯蒂娜则变得更敏感了。

九月的第一个傍晚，那天可真是冷，店打烊后，她俩像淑女一样舒服地坐在前屋的椅子里。女孩起身去后屋把水烧上，弗洛伦斯听着自来水的“咚咚”声，接着传来印有红色加冕典礼的饼干盒掉在橱柜上的声音。

“我们家有个蓝色的，盒上的西敏寺是一样的，但盒子上有一圈游行队伍。”

“我把火炉点燃。”弗洛伦斯说，她不习惯无所事事。

“我妈妈觉得那些石蜡炉子不安全。”

“只要你小心把它们擦干净，并且不让两边的风同时吹，没什么不安全。”弗洛伦斯回应道，用力把炉子上的盖子拧下来——总得让她有对的时候。

那天傍晚，炉子似乎也有点不对劲。没有风——要是在哈德堡这个地方，能说的上没有风的话——但有一会儿蓝色火焰窜得老高，就好像想够着什么东西，然后突然又沉得比之前还低。火炉是“恒热牌”，这个商标也许有点夸大其词。她刚刚调好，克里斯蒂娜就满脸严肃地托着一个很大的黑金色盘子进来了，茶具都放在上面。

“我喜欢这个旧盘子，”她说，“你可以在遗嘱里说把它留给我。”

“克里斯蒂娜，我还从未想过遗嘱的事，我只是个刚到中年的女人，做点买卖而已。”

“是从日本买的吗？”

盘子上有两个老人，在月光下静静垂钓。

“不，是中国漆器。我爷爷从南京带回来的。他是个了不起的旅行家。我不敢肯定中国现在还能做出这样的漆器。”

现在“恒热”烧得很稳定了。茶壶在炉前煮着，屋里变得有点闷热，克里斯蒂娜和弗洛伦斯之间的年龄差距似乎更小了，就好像她俩只是一个女人一生中的两个不同阶段而已。在哈德堡，这样一个夜晚，一个只能听到海的声音的夜晚，就可以看作是一个寂静的夜晚了。因此，她俩享受着温暖和静谧。然而，慢慢地，一直坐得像个布娃娃一样放松的克里斯蒂娜，坐姿变得僵硬，有些不安起来。当然，在她这个年龄，也别指望她能老老实实坐很久。

过了一会儿，她起身走进后屋，说要看看后门锁好了没。弗洛伦斯下意识地想让她留在屋里，结果根本没有必要，因为她立刻就折回了。楼上过道里，隐约能听到低语声、擦刮声和敲击声。有什么东西，像一根线上沉沉的小猫玩具，被拖来拖去。弗洛伦斯没有故作镇静，她从来不故作镇静。

“你待着还舒服吧，克里斯蒂娜？”

小女孩答说她舒服。但她无缘无故地用了她“最好的”声音，那种她扮演弗洛伦斯·南丁格尔或者圣母玛利亚时，老师要求她用的声音。弗洛伦斯痛苦地听着，好像耳朵被拉长了或者刺痛了一样。

“我一直在想是否能帮你应对11+考试，”弗洛伦斯有意挑起一个话头，“准备一下，我的意思是我们可以一起读点什么。”

“没什么可读的。他们给你几张图片，你得挑出不同的那张。或者他们给你几个数字，比如 8、5、12、9、22、16，你得说出下个数字是什么。”

正如弗洛伦斯搞不懂米洛一样，她也不知道下一个数字应该是什么。她出生得太早了。尽管有“恒热”炉，温度似乎还是陡降了。她把炉子调到最大档。

“你不冷吧，冷吗?”

“我总是脸色苍白，”克里斯蒂娜略带傲气地说，“你不用为了我把温度调高。”她在发抖，“我的小弟弟也是脸色发白。他和我就应该很像。”

她们俩都没说她们希望保护对方。那样说就意味着承认屋子里有什么令人害怕之处。如果那地方很黑，害怕还算比较自然的事，可明亮的光照着店里每一个角落。楼上已经沉寂一会儿的饼干罐子又发出一阵极大的骚动。

“格林夫人，动静越来越大了。”

克里斯蒂娜没用弗洛伦斯·南丁格尔的声音了。格林夫人握着离她较近的左手。似乎有小股电流正穿过左手，传递出一阵冷脉冲，好像电流能变成冰一样。

“你真的没事吗?”

她手里的那只手，轻得没有重量，一动不动。也许这么逼孩子不妥，但弗洛伦斯觉得自己必须让她说话，她俩之间必须承认点什么。

“那个东西沿着我的胳膊下来，就像一根手指在走路。”克里斯蒂娜慢慢说，“那个东西在我头上停下来，我能感觉到那儿的头发都竖起来了。”

这算是承认了。半是生硬，半是困倦，她坐在椅子上，以一种奇怪的姿势前后摇晃着。楼上的噪音停了一会儿，又开始爆发。这次楼下和窗户外面也变得明显起来，剧烈摇晃，似乎就要向内炸裂开来。她们的茶杯在茶托里晃动，旋转。一阵乱响，就像傻子用一把把的碎石和砂砾砸着玻璃窗。

“那是敲门鬼。我妈妈知道这老地方有个敲门鬼。她估计敲门鬼不会拿我下手，因为我的那个还没来呢。”

窗户上的重创声慢慢弱下来，变成“咝咝”声，然后又突然上扬成一声长长的动物嘶鸣声，一声又一声。

“克里斯蒂娜，别管它，”弗洛伦斯鼓起勇气说，“它不能把我们怎么样。”

“那家伙不想让我们走，”克里斯蒂娜咕哝道，“它想让我们留在这儿受它折磨。”

她们被包围了，包围持续十多分钟。这段时间特别冷，以至于弗洛伦斯都感觉不到女孩的手在她手里，连她自己的手指也感觉不到了。十分钟后，克里斯蒂娜睡着了。

弗洛伦斯没料到她的助手还会回来，但第二天下午她就又来了，并建议说如果再有类似的麻烦，她俩可以跪下来念主祷文。她妈妈说咨询牧师是浪费时间。吉平家就是一个小教堂，他们不去圣埃德蒙教堂。大牧师也没用，好像鬼是可以通过祷告和诵读被赶走的，但敲门鬼不行。同时，该是洗抹布的时候了。

弗洛伦斯后悔对慈悲的教堂有些怠慢，教堂塔楼保护着这片沼泽地，扶墙之间南面的门廊颇有名气，铺着浅灰和深灰的石子，出自布伦迪希先生某个先辈之手。她希望跟牧师谈话时，话题别又转到钱上面去。虽然她不明白《每个人都是他自己的机械师》和一堆小说如何被称作是大地与海洋的果实，她还是很高兴地向丰收节捐赠了一些存货。大牧师得花很多时间来募捐，她很清楚地认识到那一定是个负担。她希望能有一点点时间简单问问他：威廉·布莱克说值得信任的都是真理的影像，这话对吗？假如不是什么值得信任的东西呢？他相信有敲门鬼吗？晨祷后，走出圣埃德蒙教堂时，她看到下周该她准备鲜花了。单子在门廊墙上盯着她看呢：德鲁里夫人、格林夫人、桑顿夫人、加马特夫人两周——因为她的花园更大。

吉平夫人的房子在老铁路站和教堂之间，她正在用夹子夹衣服。看到克里斯蒂娜的雇主做完晨祷走过来，她示意她走到后屋去。吉平在一排排的绿叶之间，正料理早芹菜，这种菜一直到圣诞节都有的卖。

在洗衣日厨房潮湿的温暖中，吉平夫人感到很放心。她已经晓得敲门鬼造访的事了，她的观点是每份工作都会有缺点。“您开店前，想喝一杯吗?”弗洛伦斯希望能来一杯雀巢咖啡，她已经习惯了，但她被引到水池的一个大素西葫芦那儿。木制的小嘴插进西葫芦圆熟发光的两侧，茶杯和玻璃杯摆在它的下面，木嘴拐弯的地方，云一样的液体一滴一滴，滴进最近的杯子里。吉平夫人说这瓜吊的时间不长，瓜汁一点不上头。但她以前曾见过一个彪形大汉，喝了一点挂了四个星期的西葫芦汁，直接就倒在地上了，到处都是血。

“也许您能把食谱给我?”弗洛伦斯礼貌地说，吉平夫人说她从不这么做，否则妇女研究所——她对该组织略有微词，就会把食谱拿过去，放进她们家乡风俗的书里。

每天早上打开店门时，弗洛伦斯都怀着相同的希冀和期盼。书都整齐地摆放在那儿，就好像吉平家的蔬菜，随时准备供人挑选。

米洛午饭时间来了。“哎，你会进《洛丽塔》吗?”

“我还没决定呢。我已经预订了一个试读本。美国报纸对它的评论把我给弄糊涂了。一个评论者说这本书对公众和市场来说都是坏消息，因为该书无趣、矫情、做作且让人感到恶心；但格雷厄姆·格林的文章却说这是一部杰作。”

“你还没问我对这本书的看法呢。”

“那有什么用？你已经丢了第二卷或者落在某个地方了。你到底读完了没有？”

“我不记得了。亲爱的，难道你不相信自己的判断吗？”

弗洛伦斯想了想。“我相信我的道德判断，是的，但我是个书商，我没受到过艺术评论方面的训练，因此我也不知道一本书到底是不是杰作。”

“你的道德判断告诉你我是一个什么样的人呢？”

“这好说，”弗洛伦斯说道，“它告诉我你应该跟凯蒂结婚，少想想你自己，更加努力地工作。”

“但你却拿不准《洛丽塔》这本书？你是担心那个吉平小姑娘会读这本书吗？”

“克里斯蒂娜？我一点儿也不担心。她无论何时从不读书。从这个方面来说，她是个理想的助手。她只读《邦蒂》。”

“或者是担心加马特夫妇会反对？维奥莉特还没来过，是吗？”

米洛补充说，他和将军的车等在弗林特市铁路平交道口时，将军告诉过他，他妻子不希望《洛丽塔》这本书，在哈德堡这样亲切安宁的小镇出售。

“所有这些因素我都不想考虑。如果《洛丽塔》是本好书，我就想在店里卖。”

“你知道，即便是最糟糕的情况下，这本书也肯定会赚钱的。”

“那不是关键。”弗洛伦斯答道，确实那并不重要。她想为什么这件糟糕又糟糕的事情又出现了。雷文曾经给她看过一丛绿草，他说那种草在伦敦被看作是一道佳肴。“也许能帮到你，格林夫人，如果事情不顺利的话。”

“目前我们干得还不错。”她告诉米洛，“关于《洛丽塔》这本书，时机成熟时，我会采纳好的建议。”

米洛似乎有点不满意。“我想读读《邦蒂》。”他说。弗洛伦斯告诉他后屋有一大摞《邦蒂》，但没有克里斯蒂娜的允许，她一本也不能拿——小学要到三点半才放学。

六个月的生意做下来，弗洛伦斯算了一下，她手头有2 500镑的存货，欠账约80镑，基布尔先生银行当前的账户结余400多镑，流动资金3 000镑。她主要靠茶、饼干、鲱鱼活着，除了不能违背牧师意愿捐了点款之外，广告上几乎没花一分钱。她每周的工资仍然是十二先令六便士，假期三十先令。除了卖给小学的东西，其他她都不打折。送货方式跟以前穆勒的店完全不同，无论是两个轮子还是四个轮子来的，除了有乐于助人的沃利，每个人都习惯顺道经过时带点东西，每个人都是潜在的送货员。因为今天关门时间早，她打算自己坐渡船过雷兹河，把三十本《野花识辨手册》送到妇女研究所。想起这个，她拿起最上面的那本，翻了一遍，想看看雷文提到的那种绿色湿地植物，但书里没有。

# 7

*

加马特夫人终于还是光临老屋书店了。她是在租书处重又开张的两周后来的，这次租书业务开展得有条理多了，似乎这些租阅者已学会了克制，气氛随着时间的推移缓和了下来。

克里斯蒂娜很快掌握了流程，即使有住在哈德堡以外的人，她也通过自己特有的方法记住了这些租阅者的名字。她按照每个人的特点给她们分类：胎记夫人、喘气上校，如此等等。雷文也是这样区分牛群里的牛的，否则若有走失，他也无法知道。他们正确的名字紧随其后，在记住他们想借什么书、实际借到了什么书这两件事上，这个孩子做得准确无误。公正使她非常严厉。租书业务现在只有等到她放学了才开始，在她的掌管之下，没人能知道其他的人都选了哪些书。

无论是开车的还是步行的，还是那些懒散地随处闲逛的，晚秋的天气使得到租书处来看看的远足刚刚合适。他们似乎愿意毫无怨言地接受 B 类书了，甚至 C 类也愿意。

加马特夫人在十月末的一个下午推开了临街的那扇门。太阳已经偏西了，她的影子先投射到下面的台阶上。她穿一件长及膝盖的耶格牌驼绒大衣。弗洛伦斯意识到此刻是决定她命运的时刻。最近太忙了，都没空去想六个月前让她离开老屋的压力。或者，说的实在些，是她让自己忙忙碌碌，这样她就没有空闲让压力盘桓于脑海。此刻，她不得不面对。书店变成了一个寂无声息的战场。但此刻她在自己的地盘上，大权在握，并且还有援手——克里斯蒂娜已经来了，正在后屋放她的毛衣和高筒靴。另一方面，加马特夫人现在是顾客，应遵从礼貌，并且她作为小镇毋庸置疑的护佑人，早该原谅一切。她曾以艺术的名义提出请求被拒，老屋仍然是个书店，她也仍在不失尊严地微笑面对。

租书处满是无事可干的顾客，书店的前面也有顾客。

“我能看出来您很忙，请别因为我耽误您的事。我只是想来看看您的租书处，看看是怎么运作的。我一直就想着来看看的。”

克里斯蒂娜负责杂志期刊和租书卡，尤其当好几个人等着时，她负全责。她对自己不可或缺的地位十分满意，她正梳理着浅色头发，把打结处梳顺，精神饱满地准备接手工作了。把自己收拾得差不多利落了，她从后屋蹦了出来，就像热情负责的小狗，下午的牧羊犬工作就此开始。她的指尖迅疾地在粉红色租书卡之间翻过。“等一下，基布尔夫人。我会按顺序为大家服务。”加马特夫人第一次造访，这么做可不合适。弗洛伦斯离开收银台，打算亲自向她解释流程。就在那时，她感觉有人紧紧拽住了她的胳膊肘，一个带尖角的东西抵着了她的后腰。

是画框的一角。她被一只急迫的手给抓住了，一个男的——不那么年轻了，穿着灯芯绒外套——在跟她打招呼，他的笑容“不太对劲”，像只蛤蟆，毕竟蛤蟆也没有别的表情了。他正费劲地拿着一幅大油画拾阶而下，胳膊下还夹着几幅小的。

“您还记得我的信吧。西奥多·吉尔，水彩画家，随时为您效劳。想开个画展……挑了一小部分我的画作，画得不好，夫人，但都是我自己的作品。”

“我并没有给您回信。”

到处都是画框和素描。它们怎么那么快就把店给占满了呢？

“沉默表示同意。空间没我预料的大，但我可以从一个好朋友那儿借几扇屏风，他本人也是个著名的水彩画家。”

“他不会也想着办画展吧?”

“过些日子。您明白得挺快，过些日子。”

“吉尔先生，现在不是讨论您画作的最佳时间。我的店对所有人开放，但这会儿我很忙。既然您已经看到了老屋的状况，您一定已经明白，我这儿没空间展出您的作品或者任何其他人的作品。”

“《哈德堡公地雷兹河上的落日》，”吉尔先生打断了她的话，抬高了声音，“当地人肯定有兴趣，看，向西看，土地多么明亮!”

就在这时，在她能直接关注到的范围之外，从屋子的后面传来一声不安的嘀咕，其实有点像叫喊。在她尽力阻止吉尔先生把他的落日钉到墙上那会儿，她第一次意识到人群散开，朝前涌来。加马特夫人，脸红通通的，一只手奇怪地握着另一只手，似乎被某种强烈的情绪控制着，快速穿过书店离开了，什么也没说。

“怎么了? 发生什么事了?”

克里斯蒂娜跟着出来了，脸红得更厉害。事实上，她双颊红得像火，马上就泪流满面了。

“那个施岱德的加马特夫人，她不排队，还翻看别人的书签，那又不是她的，她不能那样，她还把我的粉色书签全弄乱了!”

“克里斯蒂娜，那你做什么了?”

“您让我维持秩序！我狠狠敲了她的指关节。”

她手里还握着她的学生尺，上面装饰着唐老鸭。在这阵阵怒气之中，吉尔先生成功地挂好了几幅他的小素描。租阅者对孩子不当的行为颇多不满。他们早就知道，让一个十岁的孩子负这么大的责多么愚蠢。看，她现在满脸泪水。加马特夫人受到了实质上的身体暴力，有个顾客还想顺走一张卡片和一个信封。他说因为一直没人搭理他。弗洛伦斯收了他六便士三法新，放到收银的抽屉里，这是那天下午唯一的收益。

要是她立刻追出去，追到高街上道个歉，也许还有挽回的余地，但她觉得最重要的是安慰克里斯蒂娜。租阅者说得很对，这个小女孩被赋予了过多的权威，像其他东西一样，过犹不及。但这种情况下唯一的补救方法是给她更多的权力。

“我希望你别老想着这件事。”但克里斯蒂娜仍痛哭不止，他们书没拿走，却把粉色标签拿走了。她为租书业务秩序被扰乱而伤心不已。

“还有一本给布伦迪希先生的，他正等着呢。我希望你像以前一样，给他送过去。”

克里斯蒂娜穿上毛衣和厚外套。

“我就放在牛奶瓶子旁，我以前常放的地方。您打算怎么处理那些旧画？”

吉尔先生，用他自己的话说，已经去“找茶喝”了，他不会找到比渡口咖啡馆更近的地儿，并且那家店十月里也许已经关了。也许在生命中无数次失望之后，他会再次失望至极。弗洛伦斯得花时间来打理这事，确实还有好几件事，但此刻她最想做的，是想点什么事能给克里斯蒂娜的短差更多的光荣和责任。

“等等。我还想让你带封信去，给布伦迪希先生的信。我马上就写好。”

那天早上，邮递员已经把《洛丽塔》的试读本送来了。她取下腰封，看了看盖有银色印章的黑色封面。

亲爱的布伦迪希先生：

您在我开店之初写给我的信，对我是极大的鼓励。现在我冒昧征询您的意见。毕竟，您的家族在哈德堡居住的时间，比其他任何一个家族都久远。我不知道您是否听说过克里斯蒂娜·吉平给您送去的小说《洛丽塔》，由弗拉基米尔·纳博科夫所写。有些评论家说这本书矫情、无趣、做作、让人恶心，其他人则称之为杰作。好心的您能否读一读这本书，然后告诉我，要是我引进这本书，然后推荐给我的顾客，您觉得这么做妥否？

您真诚的

弗洛伦斯·格林

“那会有回信吗？”克里斯蒂娜充满疑虑地问。

“今天不会有。但我肯定几天后会有答复，一个星期左右吧。”

接下来的一周，租书业务并没有停止，以一种安静得体的方式继续着。西奥多·吉尔的水彩画似乎没完没了，但都被清走了。这是个勇敢的举动。隔壁的罗达制衣店，房子不旧，可惜的是刚刚用卵石灰浆涂刷过，窗框也被涂成了淡紫色。不过，它倒是有一个漂亮且采光很好的展示间。

“杰茜，你这墙壁又漂亮又干净。”弗洛伦斯颇具外交辞令地打开了话头，“你觉得有没有必要挂几幅画呢？”

“半永久性展出。”吉尔插话，他又一如往常在四处闲逛。成事不足败事有余。

“不，只是暂时挂几幅水彩画。也许就在你的《无声记忆日历》边，各挂个一两幅。”弗洛伦斯说，她是以成本价卖的日历。

杰茜·韦尔福德没有直接回答，而是转向了艺术家本人。“我从不觉得一面墙需要什么装饰，不过，要是你有困难，我可以帮点忙。”

整个下午，他又敲又打，噪音几乎跟敲门鬼一样讨人嫌，还能听到杰茜不以为然的笑。罗达店的窗口放了张画展的宣传卡。杰茜笑个不停，说她以前从未跟艺术家打过交道，当然，凡事总有第一次。

弗洛伦斯没想过答复信会以何种形式来到。她绝没想到会是由吉平夫人带给她。第二天，在食品店门口，克里斯蒂娜的妈妈站在她面前，十分突然却坦率地告诉她，她正准备买一磅什锦水果，因为布伦迪希先生让她周日给他留个蛋糕。他已决定周日那天请弗洛伦斯去喝茶，那么，她干脆现在就把这口信传到算了，省得后面麻烦。这样，本来是想保密的做法，现在却弄得整个哈德堡人尽皆知。这个邀请太不寻常了，有些令人害怕。因为除了偶尔有剑桥或伦敦的某个神秘老朋友，从未有人收到这样的邀请。也许，这也是为什么吉平夫人不想把这个消息浪费在小众上的原因吧。

赴邀就意味着加深和加马特夫人之间的误解，她还未收到过霍尔特屋这样的礼遇。也许这么想有点虚荣。自己去哪儿有什么关系呢？直觉，也许是店老板的直觉告诉她，确实有关系。她犹豫了。但沃利送来一封布伦迪希先生的回信，措辞奇怪，提及荣幸、方便、周日下午五点差一刻等，这封回信让她下决心赴邀。他说他已经认真考虑了她所提的问题，并希望她能对他的答复感到满意。

十一月初有一年中少数几天没风的日子。五号傍晚，靠近河口港湾的空地上燃起了一大堆篝火。燃料堆在那儿好几天了，像一只大苍鹭的窝。这是一件共同协作的事情，哈德堡的每个家长都有话可说。据说去年用柴油点火时，某个人的眉毛给烧了，再也没长出来，但今年仍用柴油引火。柴枝烧着了，那是在海滩边捡来的，裹着海盐，爆裂出淡蓝色火焰。水獭和水老鼠沿着堤坝跑走了，孩子们则从公地的四面八方聚拢过来，靠得越来越近。火里烤着土豆，拿出来时沾着厚厚的灰，吃起来有柴油味。一旦一切就绪，篝火的组织者们就离熊熊火堆远了些站着，聊着当天的事情。技术学校的校长以半官方的姿态留意着火焰，他、小学的特雷尔老师，还有垂头丧气的德本夫人，他们都知道弗洛伦斯星期天要去哪儿喝茶。

她甚至都不知道如何走进霍尔特屋。出发前，她自言自语，前门右手边有一根铁铃铛线。她以前常注意到，但看起来仅仅像个摆设，好像来访者一拉就会断，然后留下一节拉绳在手里，那样子看起来该多傻啊。

到那儿后，她发现前门并没锁。开着的门通向大厅，两层高的地方吊下来的圆灯照着厅，光线很暗。暗红的墙纸上有一面很大的威尼斯镜，厅里的光线射到镜子上，墙纸的花纹是一种更暗的红色。门边有一尊猎狐犬雕像，比真的还要大一点，猎狐犬蹲坐着，前爪抬起，等着喂食，嘴里衔着一根真皮做的牵狗绳。厅的大箱子里有一些大瓷瓶和线球，一个碗里装着泛黄的来访卡。一股浓浓的樟脑丸味道可能就是从厅的大箱子里散发出来的，箱子靠左手边的墙放着。“箱子里以前还有个槌球，”暗处传来一个声音说，“但现如今没什么机会打槌球了。”

布伦迪希先生走了过来，挑剔地环视大厅，就好像这是一处他领地之内很少光顾的偏远地方。他脖子短，正缓慢而又犹疑地把头从一边转到另一边。干净的白衬衫是这一片黑暗中唯一能看得见的东西，领子像兔子洞的入口，他的黑脸庞就在那儿，黑黑的眼睛焦急地看着四周。

“到餐厅来。”

餐厅直走便到了，法式窗户面向花园。外面的视线被一丛山毛榉挡住了，上面还挂着棕色的树叶，在十一月的潮湿中沉重地摇摆着。一张红木桌从房间的这头延伸到那头。想到有人得孤单地坐在这么一张大桌子前，弗洛伦斯不禁有些难过。显然，为了今天的聚会，餐桌上已摆放了一套蓝白相间的瓷质餐具——看起来像游乐场上的奖品。还有水果蛋糕、一盒牛奶和一根不太好看的粉色火腿，还在罐子里。

“我们应该铺上桌布。”他把白色亚麻布从抽屉里拿了出来，试着把那套瓷器挪到一旁。弗洛伦斯不想让他这么做，于是坐了下来，主人也随即在靠背椅里坐了下来，一双整洁多毛的手摊开放在盘子两侧。他穿得破旧，不那么像样，但他不是那种因此就失掉尊严的人。他礼貌地等着她倒茶。银茶壶像个小的圣洗盆那么大，冷得像石头，不是那么容易拿起来。壶顶一圈刻着题词：一事无成就是全盘皆输。

好在桌上只有一把刀，叉子也忘了摆上了，布伦迪希先生似乎没有切蛋糕或者火腿给客人的意思。他也没喝逐渐变凉的茶。弗洛伦斯心想：不知他一般情况下，一日三餐是否规律。他想欢迎她，却似乎更习惯让她感受到某种威胁，改变态度对他来说很难。她感觉到这其中有趣的地方。一段绝对的沉寂之后——这对他来说明显不是什么尴尬的事情，因为他好像很习惯寂静，布伦迪希先生说：

“您问了我一个问题。”

“是的，关于一本新小说。”

“您问我这么个严肃的问题，真是抬举我了。”布伦迪希先生缓缓地重复道："您相信我会很公正。毫无疑问，您以为我在这世上已是孤身一人。但碰巧并非如此，否则我就是个很有趣的测试例子，能够看出某个行为能否伤害自己，而不是别的什么人。这种问题在年轻时很让我感兴趣。但正如我所说，我并不是独自一人。我是个孤老头，但我有兄弟和一个妹妹，我还有亲戚、孩子、孙子，他们散居在世界各地。当然，亲戚太多有时候也让人烦。这茶不热，也许你会觉得有点奇怪。"

弗洛伦斯热情地啜了一口茶。"您一定很想念您的孙子吧。"

布伦迪希先生仔细想了想。"我喜欢孩子吗？"他问道。

她知道这个问题只是疏于练习的结果。他极少跟人说话，以至于都不知道什么形式是可接受的了。

"也许不一定喜欢，"她说，"但我喜欢。"

"我知道吉平家有个女孩，老三，在你店里帮忙。你得到的帮助就这么多。"

"我有个记账员时不时来一下，还有律师。"

"汤姆·桑顿，你从他那儿得不到什么帮助。他从业的二十五年里，我从未听说过他就某个案子给过建议，或者提起诉讼。他总是和解。永远不要和解！"

“没有什么法律程序需要走的。我根本不是想问您那个问题。”

“我敢说任何情况下，桑顿都不会替你说话。房子闹鬼，他才不在乎呢。你想洗个手吧，大厅右边的盥洗室有好几个盆可以洗手。在我父亲那个年代，这点装饰在办宴会的时候还是很有用的。”

弗洛伦斯向前恭恭身，“您明白的，布伦迪希先生，开一家书店还是有某种责任的。”

“是的，我想如此，也并不是每个人都支持。我知道有人不支持。我指的是维奥莉特·加马特。她对老屋另有计划，现在她似乎在某种程度上被冒犯了。”

“我想她应该知道那只是个意外。”在霍尔特屋，除了说真话，其他的都很难说出口，但弗洛伦斯还是补充说，“我肯定她本意是好的。”

“本意是好的！再想想！”他用一根重重的茶匙敲着桌子。“她想开家艺术中心。艺术怎么会有中心呢？但她觉得有，她想让你无地立足。”

“即便她真那么做了，”弗洛伦斯说，“对我也不会有什么影响。”

“在我看来，你似乎混淆了影响力和权力。加马特夫人，因为她的关系和熟人，她是个很有权力的女人。这一点你不担心吗？”

“不。”

布伦迪希先生并不知道，或者从来没人教过他不应该盯着人看。他盯着她看，专注地看着弗洛伦斯，似乎很吃惊她怎么会在这儿，但她却从他这种全神贯注的注视中受到了鼓舞。

“我可以回过去说说我的第一个问题吗？我正考虑订购 250 本《洛丽塔》，相当有风险，但我不是从生意的层面咨询您，那样就不对了。我就是想在订购此书之前，听听您的看法，这是否是本好书，在哈德堡卖这本书合适不合适？”

“这事儿我没你看得那么重要，至于你说的对错问题，应你的请求，我已经读过《洛丽塔》了。这是本好书。你可以试着把这本书卖给哈德堡居民。他们不一定懂，但那就是好的地方。理解使思维懒惰。”

弗洛伦斯释然地叹了口气，对这个决定她没什么心理负担了。然后，为了表达她的独立性、她的心安，她拿起那把刀，切下两块蛋糕，递给布伦迪希先生一块。他十分专注，把他那块轻轻地放在盘子上，就好像在换一个盖子。他有话要说，好像与他邀请她来的真正目的有关。

“那么，我告诉了你我的观点，可为什么你会觉得男人比女人更擅长判断呢?”

这些话为对话增添了不同元素，就像感觉到了风的转向。布伦迪希先生没有试着去确认，相反，他似乎很高兴某个事先安排好的话题这时候终于说出来了。

“我不肯定男人是否比女人更擅长判断，”弗洛伦斯说，“但他们似乎更少花时间后悔。”

“我有足够的时间做决定，但我下结论花的时间很少。让我告诉你我最看重的人的品质，我最看重的是人和神以及动物都具备的一种品质，因此也称不上是美德，我指的是勇气。你，格林夫人，就有足够多的勇气。”

她非常清楚，坐在这孤寂的午后阳光中，面前是一排可笑的盆和盘，孤寂正同孤寂说话，他是那么坦诚，让她喜欢。话语很慢，就好像他俩之间的每一个字都赋予了她足够长的反应时间和机会。在悬而不决的平衡当口，她试图把她感受到的或者猜到的清楚表达出来，布伦迪希先生则会深深叹气。也许他觉得她在某个方面不尽人意。他把视线慢慢从她那儿移开，低头看着盘子。需要让对话再次开始。

“这个蛋糕对我妹妹来说好比毒药。”他仔细看着。

没过多久，弗洛伦斯告辞了，没敢提出帮他洗洗盘子的建议。布伦迪希先生陪她回到大厅。那里很黑，她想，不知他是会独自坐在黑暗中呢，还是马上就会开灯。正如他之前信里已经写过的，他再次祝她书店生意兴旺。

“我绝不能让自己忧心，”她说，“生命不息，希望不止。”

“这个想法多么可怕。”布伦迪希先生低语道。

火车把《洛丽塔》从25英里外的弗林特市站送了过来。运货车到的时候，跟往常一样得到了路人异样的欢呼。新的东西到哈德堡了。每个旅馆外都有要往外送的包裹，雷文为了省汽油，也想搭顺风车去北面的沼泽地。

订购的数量之多让克里斯蒂娜震惊。从来没哪本书卖出过这么多本，就是《建造你自己的小赛艇》也没卖出过。并且这本书那么厚，有400页。但她还是很佩服她老板的魄力和信心。弗洛伦斯告诉她这本书已经很出名了。“人人都会知道这本书的，不过他们也许没指望在哈德堡这个地方能买到它。”

“他们可没料到这儿会有250本。你在这事儿上做得有点过头了吧。”

她们关门比往常早点，这样可以把橱窗重新布置一下。她们在百叶窗后把《洛丽塔》码成了尖顶的金字塔形，就像食品店的罐子那样摆着。长销书和滞销书放到了一起，尊贵的插图书和平装书也毫不客气地被移走了。

“钱屉里这么多现金干什么用啊？”克里斯蒂娜问，“你差不多放了50英镑。”弗洛伦斯特意取的，她肯定应该全都能用上。当时银行出纳满腹狐疑地看了看她，等她出了银行大门，出纳才问基布尔夫人怎么看这件事。

# 8

*

1959年12月4日

亲爱的格林夫人：

我从约翰·德鲁里公司收到一封信，写信人代表他们的客户施岱德庄园的维奥莉特·加马特夫人。信的大意是您当前的橱窗展示，吸引了潜在顾客和事实买家的过多注意力，导致公共道路拥堵，拥堵时长和程度非常离谱。客户说这事对她的影响尤其大，因为她是治安法官[1]，还是众多委员会的主席（随此信附上委员会名单），她的购物出行必须快速有效。而且，您应该记得借书业务的老客户们，从法律层面说他们是您的受邀人，但却发现自己有时很不方便，店里有时拥挤不堪，人们被推来搡去，时而还被来此地的陌生人叫作老妈子、老不死、老大妈甚至老婆

1 该职衔源于英国，由政府委任民间人士担任。治安法官维持社区安宁，防止非法刑罚，处理一些较简单的法律程序。成为治安法官无须任何学历或资格认证。

娘。虽然警方可以单独采取行动消除上述滋扰，但即便是民事诉讼也可能会给我们带来相当大的伤害。

您忠诚的

托马斯·桑顿

律师、宣誓公证员

1959年12月5日

亲爱的桑顿先生：

您当我的律师已经有几个年头了，我所理解的“为我行事”意思是“积极地代表我行事”。您自己来看过橱窗展示吗？目前我们确实在销售这一块挺忙的，但如果您能沿着道路走200码，也许您可以进店看一下，然后告诉我您的看法。

此致

弗洛伦斯·格林

1959年12月5日

亲爱的格林夫人：

兹复12月5日来函，我对您此信的语气颇为惊讶。我曾两次在不同情境下尝试走近您的前窗，均未能走近。顾客中似乎还有远自弗林特市来的。我认为至少从人流量上来说，我们应该承认这种堵塞不应该。至于您其他的言语，我想建议您，当然还有我自己，对我们之间的信件交流保持谨慎记录。

此致

托马斯·桑顿

律师、宣誓公证员

1959年12月6日

亲爱的桑顿先生：

那您有何高见？

此致

弗洛伦斯·格林

1959年12月8日

亲爱的格林夫人：

兹复12月6日来函，我认为我们应该消除堵塞，我的意思是在可能被起诉之前，我们应该让公众停止在高街最狭窄部分汇集的行为。同时，我认为我们应该停止出售饱受诟病、过分轰动的纳博科夫的那本小说。我们的情况不能跟1863年的鲱鱼与大都会工作委员会的情况相比，因为聚集的人群不是因为饥荒，或者其他必需品所致。

此致

托马斯·桑顿

律师、宣誓公证员

1959年12月9日

亲爱的桑顿先生：

一本好书是一位大师的呕心沥血之作，超越生命的生命，值得永久珍藏和怀念。这样的物品当然是必需品。

此致

弗洛伦斯·格林

1959年12月10日

亲爱的格林夫人：

我只能再次重申我之前的建议，我想补充的是：虽然这只是个人自己的事，因此并非在我的工作范围之内，我还是建议您最好向加马特夫人正式道个歉。

此致

托马斯·桑顿

律师、宣誓公证员

1959 年 12 月 11 日

亲爱的桑顿先生：

胆小鬼！懦夫！

此致

弗洛伦斯·格林

假如弗洛伦斯是勇敢者，那么她的勇敢与加马特将军的截然不同，无论着火与否，他的反应都是一样的。弗洛伦斯的勇敢也不同于布伦迪希先生，他的勇气是在自己的地盘上，坚决否认世界不合理的地方。她的勇气，只是一种生存下去的决心。警方没有起诉，甚至都没想到要这么做，特鲁里公司建议加马特夫人说没有足够的证据能证明什么，投诉的声音小了下去，人群变得可控。十二月的第一周，书店仅在出售《洛丽塔》这一项上即盈利 82 镑 10 先令 6 便士，并且，新顾客还再次光临，来买圣诞卡和台历。平生第一次，弗洛伦斯有发财的感觉。

如果她审视过她的盟友们的状态，也许她会感到不那么安心。杰西·韦尔福德和那个水彩画家充满敌意，水彩画家现在已是罗达制衣店的永久住家了。克里斯蒂娜评论说她宁可跟一只癞蛤蟆上床也不愿意和吉尔先生这样的人在一起，她很惊讶韦尔福德小姐跟他在一起居然没长疣。

实际上，他俩在一起是绝配。高街没什么人光顾制衣店，更少有人买水彩画，德本的水产也没人多看上几眼。所有做生意的现在或多或少对老屋书店都是一种同仇敌忾的态度，他们一致决定不邀请弗洛伦斯参加哈德堡及附近地区的扶轮社。

圣诞临近，她变得更勇敢了。她把自己的事务从摇摆不定的桑顿先生手里拿走，交给了弗林特市一家律师事务所。通过新东家，她和威尔金斯签了合同，后者负责拆除潮湿的牡蛎屋，通管道，不得不说，工程进展很慢。拆完后她就可以决定该拿那个地方怎么办了。为了给新到的货腾出空间，她一时冲动，把出版社推销员送来的展示品全挪出去了：真人大小的纸板斯大林和罗斯福、比真人还大的温斯顿·丘吉尔、一辆行进中的纳粹坦克（三块纸板拼装而成，接口处用胶水粘连着）、斯坦·马修斯[1]和他的足球（球可以用附送的线从天花板上吊下来）、六英尺的带着血迹脚印的纸板[2]、眼球会动的跳篱笆的马（用手电筒电池可以轻松让它活动起来），以及萨默塞特·毛姆和威尔弗雷德·皮克尔斯[3]咄咄逼人的照片。所有这些，都清

1 英国足球运动员，被看作是英国足球最伟大的球员之一。
2 万圣节装饰用。
3 英国演员、电台主持人。

理出去，送给克里斯蒂娜，她需要这些为圣诞节化装游行做准备。

那是本地慈善机构组织的活动。“格林夫人，谢谢你给我这些东西，”克里斯蒂娜说，“要不然，我就得穿奥妙包装盒做的化装服了。”洗涤公司愿意免费供给大量原材料，《每日先驱报》和《每日镜报》也愿意。但哈德堡的人都厌倦了这些装扮。弗洛伦斯很纳闷为什么这个小姑娘不想着扮漂亮点儿，比如说一个法国传统剧中的白面女丑角。从那些并不出众的原材料中，克里斯蒂娜缝制粘贴了一件很奇怪但很吸引眼球的化装服——再见，1959。一本《洛丽塔》书的腰封提供了最后的点睛之笔。弗洛伦斯的脚和她助手的脚差不多大，因此借了双鞋给她。鞋是鳄鱼皮做的，搭扣也是鳄鱼皮。克里斯蒂娜之前虽然也在楼上转悠过，却并没见过这双鞋，她一直想知道这双鞋是不是克里斯蒂娜·迪奥设计的。

“你知道吗，迪奥碰到一个吉普赛人，说他能发十年的财，然后他就得死。”她说。弗洛伦斯觉得她根本没法谈论任何有关超自然的话题。

“当然，那得是个法国吉普赛人。”克里斯蒂娜安慰着说，跨着鳄鱼皮鞋到处走。

化装游行的资助人是施岱德的加马特夫人。出于对米洛·诺斯与BBC关系的尊重，裁判由他担任，因此也跟艺术沾上了边。米洛强烈抗议说根本不应该委以他如此责任，因为他想尽量避开在任何情形下做任何裁断。他的话引来阵阵大笑。游行在加冕厅举行，该地从未真正像哈德堡人希望的那样修建完成，尽管屋顶还是波纹铁的。雨泼洒而下，只有在变成小雨或者雨夹雪的时候，屋内才安静下来。克里斯蒂娜·吉平用装有带钩铁丝的推车——这个装备本来是为了推广《不逃则死》的——推着梅洛迪，轻松赢得最佳创意奖，对此大家毫无异议。

一周之后，《耶稣诞生记》在周六的下午上演，那正是弗洛伦斯圣诞季销售最忙的时候，她没法抽出时间。但她还是从沃利和顺道来访的雷文那儿听说了该剧的情况，特雷尔夫人来查询她预订书目的情况时，也透露了一些该剧的信息。

大家对剧的评判褒贬不一。也许，现实主义成分太多，尤其是雷文把一群沼滩上的羊赶上舞台那一段。另一方面，没人忘词，克里斯蒂娜的舞蹈是当晚最成功的一部分。鉴于她在化装游行上的成功表演，她被授予让人垂涎的莎乐美一角，这也就意味着她可以穿她大姐的比基尼。

“为了得到受洗者约翰的头颅，她得跳舞。”沃利解释道。

"你们有什么样的音乐呢?"弗洛伦斯问。

"是朗尼·多尼根[1]的唱片,《装痛苦,装时髦》。特雷尔夫人,我不晓得您居然挺喜欢的。"

特雷尔夫人回答说在小学待了那么多年以后,她对什么事都习以为常了。"但恐怕加马特夫人看起来可不是太喜欢。"

"要是她不喜欢,那是她的事儿。"雷文说,"她也没办法。"过来的路上他在安卡喝了一两杯,显得开心愉悦。

弗洛伦斯还操心着克里斯蒂娜的11+考试。"她真是个不错的小帮手。我不禁想到她要是进了文法学校,都可以选这个发展她的事业。她有分类的天赋,那是教不出来的。"

特雷尔夫人眼镜背后的亮光似乎在说什么都可以教会。不管怎么说,一种责任感压在弗洛伦斯肩头。她觉得她应该再多做一些。即便这孩子除了《邦蒂》之外,别的书都不爱读,不过,就没有其他的机会了吗?大家都走了之后,她把沃利留了下来,想了解一下剧的情况,但他或者他的朋友或者克里斯蒂娜去过真正的剧院吗?要是有

---

1 朗尼·多尼根(1931—2002),苏格兰即兴摇滚乐歌手、词曲作者、音乐人,被称为"即兴摇滚乐之王",对二十世纪六十年代英国流行音乐(如披头士乐队的音乐)影响很大。

好戏上演，他们可以去诺维奇的迈德市剧院。

“我们中没人去过，”沃利很不自信地说，“但我们去年从学校走到了弗林特市，去看一个在巡演的戏班子。很有意思，看他们怎么把扩音器修好。”

“他们演的什么？”弗洛伦斯问。

“我们去的那天演的是《韩赛尔和格蕾特》[1]，戏里还有唱歌呢。他们并没有一直唱，只是在男孩女孩躺下一起胡闹的时候唱了，天使进来，用树叶把他们盖了起来。”

“沃利，你没看懂这场戏。韩赛尔和格蕾特是兄妹。”

“格林夫人，那也没什么不同啊。”

一月，总有那么一天，就像人们说的，好像是春天般的日子。一块一块的蓝天，沼泽地里成千上万种野草似乎也发出了复苏的气息。

弗洛伦斯出门散步，她走了一条往常不走的路，倒并非是有意不往那儿走，但她确实很久没走那条路了。在雷兹河口，她转了个弯，向北走过岬角。门牌上写着：农场地，闲人莫进。她知道那条路大家都有路权，便跨了过

1 又译《糖果屋》，格林童话。韩赛尔和格蕾特兄妹被继母抛弃在森林里，遇到女巫的糖果屋而陷入险境，最终兄妹俩凭借勇气和机智逃了出去，还解救了被女巫变成姜饼的其他孩子。

去，继续往前走。眼前一个急弯转到海边，四十英尺下，是铺满石子的海滩。草皮富有弹性，好似浓密的绿发。悬崖边有一条少有人走的老路，路两边的残迹是房子或者小别墅的残垣断壁。五年前，那儿修了一整栋房产，根本没考虑海水的腐蚀性。还没等人进去住，沙质崖壁就下陷了，房子就开始慢慢倾覆。一些“待售永久业权”的告示还在那儿。一栋小的别墅还在悬崖边上。一半的地基和前墙都不在了，客厅是所有鸟儿的栖息地，破碎的墙纸虚空地扑扇着。

已然是春天的感觉了，弗洛伦斯在遗弃的铺着装饰瓷砖的前门台阶上坐了十分钟左右。北海散发出浓烈的盐味，有时清爽，有时带着腐臭味。潮水涨得很快，偶尔在淹没的石头处稍作停顿，然后把发黄的泡沫铺开，似乎在思考下一个该把什么吐出来，或者把什么留下。多少人和船的残骸，多少塑料瓶。虽然经常有人告诉她，但她还是记不得每年有多少海岸被侵蚀，这有点让她恼火。而沃利能立刻说清楚。钟声响亮的教堂就在海浪之下，还有一栋房产的边沿。历史学家驳斥这个传说，指出应该能有足够的时间把钟救出来，但也许是因为他们不知道哈德堡。每个人都清楚老屋正慢慢化为碎片，但他们遗弃老屋多少年了？

米洛和凯蒂，或至少是某个年轻人，既然穿着鲜红的紧身裤，那不可能是别的人了，正沿着峭壁的路走过来。走近些后，弗洛伦斯能看出凯蒂似乎刚刚一直在哭，看来这次出游很难说是愉快的。

“弗洛伦斯，你为什么要坐在台阶上？”米洛问。

“我压根都不知道我为什么要出来散步。退休的人散步，我还得继续工作呢。”

“您旁边有地儿可以让我坐下吗？”凯蒂问，她表现得非常友好，试图取悦她并博得好感。凯蒂要么是想让米洛看到她多么会与其他人交往，要么是想让他看到她对一个他或许认识的无趣的中年妇女是多么友好。无论是哪种情况，弗洛伦斯都非常同情。她立刻让出地儿来，凯蒂温顺地坐下，把短裙往下拉到她泛红的长腿上。

“凯蒂不相信哈德堡有废墟，所以我带她来看看。”米洛说，低头看着她俩，然后看着可怜的房子。“他们那时都准备搬进来住了，是吧？我很好奇水是不是还通着的。”他跨过一堆石子，走进小厨房的废墟，试了试水龙头。锈水，血红色的锈水涌了出来。“凯蒂能在这儿住得很好。她一直说不喜欢我们住的地方。”

弗洛伦斯想换个话题，于是问起了她在 BBC 的工作。令人失望的是她的工作跟电视没关系，她负责检查录音部的支出账单，她称之为“RPD”。很明显对这个看起来很聪明的姑娘来说，这工作回报不高。

“我们跟维奥莱特·加马特一起吃了午饭，”米洛说，在峭壁边的矮草地上轻松保持着平衡，“给她个不反对我俩的机会。”

“你为什么不能说说让人高兴的事呢?”弗洛伦斯问：“她还想让你打理，或者说，似乎还想让你在哈德堡打理一个艺术中心吗?”

“那个想法对她来说是个季节性反应，每到夏天格林德伯恩-奥尔德堡音乐节的新闻传来时，反应最为强烈。现在是一月，还没什么反应。”

“加马特夫人非常友好。”凯蒂说，抱着她自己，就像克里斯蒂娜有时候做的那样。

“除了弗洛伦斯之外，我不喜欢友好的人。”

“我并不会买你的账，”弗洛伦斯说，“在我看来，你工作得越来越少了。你得记住 BBC 是一家公司，你的工资最终是由公共基金提供的。”

“那是凯蒂的事，”米洛答，“她做我的开销单。我们跟你一起走回去。”

“谢谢你们，我想在这儿再待一会儿。”

“跟我们一块儿走吧。”凯蒂说。她似乎绞尽了脑汁。

“您能否告诉我您是怎么包书的？我每次拿纸和绳都不知道怎么弄。”

弗洛伦斯总是用纸袋，并且从未看到凯蒂到店里去过，但她同意跟他俩一起走回哈德堡。凯蒂不停地摘些小草，并满是敬意地问弗洛伦斯分别是什么。弗洛伦斯不得不告诉她除了百里香和芭蕉，她也不认识什么，而要等到开花，还得有好几个月。

一天，小学高年级班的孩子正自由活动，但在寒冷的天气里，其实就是坐在课桌边，兴趣盎然地交换他们最近学到的任何脏话。就在这时，一个陌生人出现在教室门口。

“孩子们，你们不必起立，我是督察员。”

“不是，你不是。”男班长说。

特雷尔夫人一直在检查出勤情况，刚回到了教室。“我好像不认识您。”她说。

“特雷尔老师对吗？我叫谢泼德。也许您可以看看我从教育局得到的任命状，根据 1950 年的商店法案，如果我有理由认为学校的某个孩子以任何身份在店里被雇用，那么该任命状赋权我可以进入任何一所学校进行调查。”

“被雇用!”特雷尔老师叫道。“我敢说他们倒是想被雇用，但除开自家的店还有送送报纸之外，我想让您告诉我还有什么他们能做的。您可以试试在孩子们捡土豆的时间再来。随口说一句，我不记得您以前曾来过这儿。”

“由于人手匮乏，我们的造访次数并没有我们应该来的那么多。”

“那这次是谁建议您来的呢?”校长问。没有得到回答，她补充道:“只有克里斯蒂娜·吉平放学后常干点活。”

“在什么地方?”

“老屋书店。克里斯蒂娜，起立。”

督察员查看了一下笔记本。“我想您应该明白，我有权调查这个女孩，因为我认为她的情况与商店法案相关条例有关。”

班上响起一阵口哨声。

“我和一个女同事一起来的，”督察员严厉地说，“她就在外面，正检查车是否锁好。”

“那就不会有刑事介入了，”男班长平静地说。

克里斯蒂娜泰然自若。女督察匆忙走了进来，从院子里就用手势示意她进到钢琴后面的那个小房间去，那儿是个数饭钱的地方。

致：老屋书店的弗洛伦斯·格林夫人

教育局的督察员调查了克里斯蒂娜·吉平，并已要求她就调查一事签了事实声明。虽然她在校出勤记录方面没有任何纰漏，但是事实证明在她假期中，有一个星期，由于一本畅销书的销售，她在你的店里周工作时间超过44个小时。并且，她的健康安全和福利在您的地方受到威胁，您那地方经常闹鬼，其方式令人反感。我仅引用她证词里的一句话，大意是“敲门鬼现在没那么大动静了，但我们并没有完全摆脱它”。有人建议我说这种超自然的东西，在法案的条例中可以视同为像培根切片机或者其他机器一样的危险物，因此，年轻人不应该受到这些东西的任何伤害风险。

自：弗洛伦斯·格林夫人

您所引用的商店法案仅适用于14至16岁的青年。克里斯蒂娜·吉平只有11岁，要不她怎么会在小学呢？

致：老屋书店的弗洛伦斯·格林夫人

如果克里斯蒂娜·吉平是像你说的那样只有11岁，

那法律是不允许她在任何一项零售业中做事的，除非是在由木板或者支架拼成的，每天晚上会拆除的可移动构建物中才可以。

自：弗洛伦斯·格林夫人

哈德堡高街的人行道上没有空间可以用木板或支架支起什么晚上能拆掉的东西。您了解得非常清楚：克里斯蒂娜，像小学的很多其他孩子一样，只是在“帮帮忙”。七月她将参加11+的考试，我希望她能在弗林特市文法学校继续上学，届时她放学后就没时间打零工了。

教育局的督察员再没来信了，这次的投诉，无论源起何处，都像先前的那次那样销声匿迹了。布伦迪希先生发来一封简短的祝贺信。他怎么会知道的？他回忆说在他祖父的时候，督察员口袋里总是装着一条臭鼬，随时准备除掉耗子。

老屋书店，像个病人一样，虽然度过了危机，却没法再恢复先前的元气。圣诞节过后的几个月往往也是这样，没什么生意。仓库拆掉后手头就会有更多的活钱了，因为她可以把那块地方卖掉。但威尔金斯的进展非常慢。他从来都不是一个出活快的人，当然，寒冷的天气也对他不利。这些老旧地方看起来一触即倒的样子，但拆起来却那么顽固。弗洛伦斯不得不重复跟银行经理说这些话，经理让她去谈一谈，同时问她是否注意到她目前几乎没有营运资金了。

“你正把牡蛎仓库从固定资产变成流动资产?”

“但现在它什么都不是，”弗洛伦斯回答道，“威尔金斯说灰浆比燧石还硬。”

基布尔先生评论说现在不是卖小型建筑场地的有利时机，这个地方一直涝着。弗洛伦斯并不记得在第一次讨论她借贷时，他曾提到过这点。

“如今你的生意，还不如少点计划，也许也没什么不同。曾经有那么一段，你似乎想要让我们完全摆脱我们之前的生活方式。所有的小生意都会有起伏。如果你在我的位置，就能看得更广，会更容易理解这一点。”

春天快结束的时候，加马特夫人的侄子，一个非凡、成功但蠢笨的年轻人，朗沃什分部议员，在两次听证会上通过了他提出的《私人法案》。从他的职业角度考虑，这个法案令人钦佩。条款适用于各派人士：人道主义的、民主的，也是对日益加剧的休闲问题的一大贡献，但很可能难以在实践中执行。该法案被称为《征用有教育价值及利益建筑的法案》，在经商定的补偿协议下，它授权地方议会强制购买任何在 1549 年之前完全或者部分建立起来的、没有用于居住的建筑，条件是那一地区没有可向公众展示的类似的建筑。强制购买的建筑将用于公众的文化娱乐。弗洛伦斯注意到了《泰晤士报》上的这么一小段文字，但知道这对她没什么影响。哈德堡和弗林特市议会没有钱接手这样的项目，而且无论如何，老屋现在是用于“居住目的”的——她还住在这儿呢，这些文字将她的想法转到了修理的问题上。冬天把老屋屋顶上很多粘着的瓷砖都掀走了，卧室屋顶上有一块湿的地方正一寸一寸地蔓延，就像大海吞噬海岸那样。楼梯底下放存货的地方更湿。但这是她和她的书的家，她们要一直待在那儿。

虽然侄子告诉加马特夫人该法案的情况时，她很感激，但这个提案并非她主动向她侄子提议，尽管它确实始于去年春天在她家的那次聚会。像哈德堡这样的地方只需要一点点能量，并且，那一点点能量常用在抱怨上，她就能让最初的冲动扩大范围，产生点广泛影响。每当她意识到这一点时，她都很高兴，既为自己高兴，也为别人高兴，因为她总以自认为对的方式行事。她不知道道义其实很少是人类行为妥当的向导。

在午餐桌旁，她向她的侄子微笑，并说她不吃鱼。

“在哈德堡生活，对其他任何地方的鱼，你都没胃口，”她说，“那儿的鱼太新鲜了。”她是个迷人的女人，保养得很好，那天是因为某个慈善事情到伦敦去的，跟老屋书店没任何关系。她侄子已经不记得是什么事了，但会有人提醒他的。

# 9

*

哈德堡小学的11+考试之后，试卷并不像往常一样，在孩子们放学回家后由女校长评阅，而是跟萨克斯福德·泰伊小学交换了。这么做能保证这个被密切关注的小镇的公正性，或者如特雷尔老师所说，也免得考试结束后，把她弄得疲惫不堪。但也许在公布结果这件事上，她考虑得不是那么周全。弗林特市文法学校的录取通知书装在白色正方形信封里，技术学校的则装在长方形浅黄色信封里。每个孩子的都放在课桌上，所以，那个夏天的早上，孩子们来上学时，只要看看课桌，看见信封，立刻就知道了自己的命运，同时，也知道了其他同学的命运。

哈德堡的孩子在有了很长一段人生经历后回头再看时，还会记得那些静候在课桌上的信封，那么令人痛苦，又那么意义非凡。外面天气很好，黄色的金雀花在公地上成片开放。夏天也入侵到教室里来了。小学生物课要求孩子们把自然带进课堂。果酱瓶里有白花蝇子草、狗蔷薇和捕虫草，老师的讲桌上散着草，窗台上，一条鳗鱼在玻璃罐子里难受地游着。

很快就都结束了，克里斯蒂娜是最后到校的几个孩子之一。她看了一眼信封，立刻就知道是她一直预料的结果，她的是淡黄色长信封。

吉平夫人亲自造访老屋书店，这是个不寻常的举动，因为她工作忙，一般不是特别必要，她是不会去哪里的。她是来告诉弗洛伦斯，克里斯蒂娜不能继续为她干活了，但她立刻就看出来，弗洛伦斯已经意识到了，那也就没必要再传递这一信息了。因此她俩就在后屋坐下，店已经关了，今年来度夏的人的声音从海滩边隐隐传来。

“我在这儿的时候，那个老敲门鬼似乎没现形，”吉平夫人评论说，“我敢说它也明白不该浪费时间。”

“我最近没怎么听到它闹腾了。”弗洛伦斯说，想起那次的西葫芦汁，弗洛伦斯建议一起喝一杯。“吉平夫人，我们来杯樱桃白兰地吧。我从没下午喝过酒，但今天例外一次。”

她取出酒瓶和两只小玻璃杯，跟很多酒瓶一样，这个酒瓶也是奇形怪状，腰身极细，线条扭曲，为某些特殊场合留用。

“我猜您是教堂抽彩买的吧。”吉平夫人说，“有三年没人抽到彩票了，牧师都不知道该怎么办了。”

也许它能带来好运。这两个女人都啜了一口鲜红的、让人恶心的液体。

“据说查尔斯王子喜欢这种酒。”

“他那个年龄！”考虑到她做女主人的责任，说话还是要到点子上。弗洛伦斯说：“我为克里斯蒂娜的考试结果感到抱歉。”

“她是我们家第一个没能上文法学校的。我们称之为死刑。我对技术学校没什么看法，没意见。但这就意味着，她没什么机会碰上并嫁给一个白领小伙了。除了体力劳动者或失业的，她再没什么可挑的了。相信我，格林夫人，一直到她死的那天，她的衣服都得她自己洗。”

沃利的形象闪过弗洛伦斯疲惫的心头。沃利上了一年的文法学校了，毋庸置疑，他最近有了新的女朋友，也是文法学校的，他正在教她游泳。“克里斯蒂娜反应很快，并且很能干，”她说，试着从更乐观的角度说，“她乐感也很好。”她补充道，想起了她跳的舞。“无论她在哪儿，她这辈子一定能有所成就。”

“我不希望让你觉得对你有什么意见，”吉平夫人说，“我来这儿，本意就是想说清楚这一点：我们都知道，即便克里斯蒂娜放学后不在你这儿干活，她的 11+考试也好不了。其实，这份工作对她来说还是个优势。经验是有价值的、有用的。离开学校的人都说，没有经验，他们不给我们工作机会，但我们怎么样才能获得工作经验呢？而克里斯蒂娜，如果她想要一封推荐信，她只需到你这儿来即可。”

“那当然。只要她开口。”

“上技术学校的时候，她不想放弃挣钱的机会。”

“当然不应该放弃。”

“我们打听了一下，觉得萨克斯福德·泰伊新开的那家书店也许可以让她周六去帮工。”吉平夫人说得平静且认真。她以一种知道该如何细水长流的方式喝完了樱桃白兰地。

“太甜了，”她说，“当然咯，如果是为教堂募捐而买的东西，不该要求太高。”

吉平夫人告辞后，弗洛伦斯把车从车库里开了出来。车库在一个废弃的船篷里，挨着海岸警卫队。她开到了萨克斯福德·泰伊。她把车停在主街，在黄昏里静静走着。确实，在一处比较好的地段，紧挨着修葺一新的阿姆斯小酒馆，开了一家新书店。

书店开的时间不长，所以肯定不是她销售下降的原因。最近的收支结余表在脑海中盘桓，挥之不去。那个时候，互相独立的英镑、先令还有便士，在三个栏里不依不饶地威胁着她。进货 95 镑 10 先令 6 便士（太高了），现金销售额 62 镑 10 先令 11 便士 3 法新，工资 12 先令 6 便士，日常支出 2 镑 8 先令 2 便士，没有预订订单，对内的退货 2 镑 17 先令 6 便士，手头的现金 1 020 镑 4 便士，至 7 月 31 日的存货价值约 600 镑，小额现金，跟往常一样，说不清楚。今年来度假的人似乎没怎么消费，也许是没什么钱花在书上。未来，如果他们在萨克斯福德停留，也许能花在书店上的就更少了。

虽然她无从得知，但实际上，萨克斯福德·泰伊书店并不像她的店一样属个人经营，而是头脑简单的戈斯菲尔德勋爵的投资行为，他一年多前也去过加马特夫人的晚会。从那时起，所有他的熟人似乎都在把闲置的乡村小屋变成度假屋，他迟滞的第一反应也是如此（他拥有萨克斯福德·泰伊的大部分地产），但那样做不切实际，因为据说没人在那儿度过假。这个地方淹没在一堆贮存根茎蔬菜的仓库之中，是萨福克颇为独特的一个部分，连个供游客观赏的像样教堂都没有。事实是，1925 年，庆祝《甜菜补偿法案》通过时，教堂一不小心被烧毁了，该法案挽救了该地区几近灭绝的人口。但真正成就戈斯菲尔德·阿姆斯的是一条新修的主干道，道旁有两个训练场是理想的停车地，可供前往哈德堡或雅茅斯的车手停留。毗连的地产可以修建商店。戈斯菲尔德勋爵似乎还记得维奥莉特·加马特夫人。提醒一下，她是个聪明女人，她说过开一家书店。他问他的经纪人，这是否是个不错的计划。经纪人比他的主人更有见识，与酒厂串通好了，如果想要在此歇脚，用一用酒吧光洁的卫生间，那么必定会经过新书店的侧窗。那儿有马黄铜[1]和甜菜根形状的烟灰缸，还有弗洛伦斯无论如何也不会引进的一类小说。店面六点半都还开着。毫无疑问，这地方对克里斯蒂娜来说，更有趣。

“克里斯蒂娜，我会想你。我想知道你想要什么礼物。”

“不要那些书。不要你这儿的这种书。”

“哦，好的，我明天去弗林特市，一件毛衣怎么样？”

“我宁可要钱。”克里斯蒂娜无懈可击。只有制造点痛苦才能让她感到安宁。她讨厌阅读，讨厌一切和书有关的人。写小作文，挑出与众不同的那张图，把这些看作是成功的条件。她讨厌这一切。格林夫人应该懂这些，并且总说她能过，因此，她比其他人也好不到哪儿去。她不会

1 用于装饰马具的黄铜牌匾。

区别对待她和他们，不会因此而恭维他们。

“嗯，我希望你傍晚有空时偶尔来店里看看，看看我。”

“我没那么多时间。”

“校车大约五点到吧，不是吗？我会给你留着门。”

“哦，我不能让您为难。据说四十岁以后，太累了就不太好了。”

也许吧。弗洛伦斯最近也注意到了自己一两处怪异的地方，也许就是太累的缘故，也许是因为年纪，也许是因为独自生活。比如说，收到信的时候，她经常发现自己盯着邮戳看，猜测信是哪儿来的，浪费时间，而不是明智地立刻打开信封，一下子看个明白。

然而，信越来越少了，她整个生意都萎缩了。虽然租书业务的收入微乎其微，但毕竟是比较可靠稳定的，现在租书业务也彻底终结，因为哈德堡第一次耸立起了一家公共图书馆。此地要求有一家图书馆为时已久，很难说，这次应该祝贺谁最终说服了市议会，使得策略实施。新图书馆是一个重要的市容项目。幸运的是，也有合适的地方，征用的地产是德本的水产店。

敲门鬼不那么频繁地造访了，但是有一回，弗洛伦斯发现记账本面朝下被狠狠摔在地上，最近她花了很多时间在记账本上。页面皱成一团，还被涂得乱七八糟。她都不好意思给杰茜·韦尔福德的侄女看，但另一方面，杰茜告诉她可能得有其他的安排了，因为她升职了，未来可能没有时间来老屋帮忙了，语气中的冷漠就像罗达制衣店的一样。只是到了最后，当她再次确认没落下任何东西时，她才发了点慈悲之心。

“喏，本来，我的工作仅仅是检查交易情况，如果我给您其他任何建议，那从职业规范来说是不应该的……”

“亲爱的，如果是不应该的话，那我当然不能让你那么做。”弗洛伦斯说，看着这个信心满满的年轻女人穿好了雨衣。

“那好吧，看来就这样了。希望我没落下什么东西或者个人物品。我爸爸之前常怎么说来着？塞翁失马，焉知非福。”

她匆忙离开了，到隔壁的罗达制衣店吃晚饭，留下弗洛伦斯一人想着塞翁和马。好在有春季大扫除要做，还有邮寄单，童子军们已经自告奋勇要为她手写，那意味着早上得早起一两个小时。她羞愧地看着那些静心等候，却没有卖出去的书。

“弗洛伦斯，你工作太卖力了。”米洛说。

“我尽量全力以赴——放下，那些是刚到的，我还没检查——不成功便成仁。”

“我不认为非得那样。每个人最终都得放弃一切所有。都得死。死却不能称为成功。”

“你太年轻了，还不到考虑死的时候。”弗洛伦斯说，却依稀感觉死亡正等着她。

“也许，但我相信凯蒂也许会死。她浪费了很多精力。”

一周三次，弗洛伦斯心想。她叹了口气。“凯蒂好吗？”她问。

“我不知道，事实是凯蒂离开我了，她和别人一起过日子去了，在旺蒂奇。那人在对外广播部，我只告诉了你。”

“我猜你已经告诉了哈德堡的每一个人，只要他们愿意听你说。”

“但跟你尤其相关，因为我的自由时间就很多了。我可以在这儿当你的助手，打打零工。我猜你很想那个小姑娘。”

弗洛伦斯表面看着波澜不惊。“克里斯蒂娜在这儿的时候，学到了很多。”她说，“她对待顾客很友善。”

“没我友善，”米洛说，“她打了维奥莉特·加马特，不是吗？我就不会那么做。你能付我多少钱？”

“我每周付克里斯蒂娜12先令6便士，目前，我付不起比这更多的工钱。”虽然弗洛伦斯喜欢米洛，但这样一来肯定能赶走他。如果每个牧羊丛[1]电台的人都像他一样，那什么事也干不出来，他们将总是在说服对方。

“如果你对这份工作感兴趣，”——她想，在穆勒店里，我们过去称之为爱管闲事——“欢迎你下午来试几个星期。如果你不需要12先令6便士，你可以捐给救生队或者海岸队。请一定记住不是我请你来的，是你自己要来的。”

当议会重新召集的时候，朗沃什分部提出的《私有法案》通过了第三次议案宣读[2]，直接提交到了上议院[3]，这次对它的关注更少了。以其名义提案的公众，却极少有人真正阅读其修正条款。比如说，古建筑物，如果在过去五

1 西伦敦的一个地区，位于汉默史密斯-富勒姆伦敦自治市。

2 法案在成为法律前须经议会讨论通过的步骤。

3 议会是英国政治的中心舞台，是英国的最高立法机关。政府从议会中产生，并对其负责。英国的国会为两院制，由上议院和下议院组成。上议院又称贵族院，主要由王室后裔、世袭贵族、新封贵族、上诉法院法官和教会的重要人物组成。上议院议员不由选举产生，部分是世袭贵族。上议院是英国最高司法机关，议长由大法官兼任。和下议院相比，上议院的权力相对有限，保留着历史上遗留下来的司法权，有权审查下议院通过的法案，并通过必要的修正案，还可以要求推迟它不赞成的立法，最长可达一年。下议院又称平民院或众议院，其议员由直接选举产生，任期5年。下议院的主要职权是立法、监督财政和政府。

年中一直是空置状态，那么即使现在被占用，也可以强制购买。加马特夫人的侄子已经获得议会撰稿人的帮助，所以说不清这个或那个细节到底是谁负责的。

人人都觉得，年轻的诺思先生在生意没以前好的时候，还来老屋帮忙，真是热心。无论弗洛伦斯什么时候去弗林特市，去看新的订货来了没有，他都会立刻关上门，舒服地坐在椅子里晒太阳，椅子随着从前窗照进来的太阳移动，这么做也许是有点无耻。但如果生意淡了下来，又怎么能责备他呢？总是有本诗集或什么的，摊在他面前。

这种时候，米洛从来不记得锁上后门，因此克里斯蒂娜可以径直走进来，她穿着新学校的西装外套，悄无声息的脚步走近了。

“洒下你的爱，哦，烧得光明！因为一个晚上
或其他晚上，
白衣的园丁就来，摘下的
花死了，克里斯蒂娜。”[1]

---

1 这首诗出自英国诗人詹姆·弗莱克（1884—1915），标题是“Yasmin”（《雅思敏》）。所引诗节为该诗最后一节，最后一个单词原文是“Yasmin”，米洛故意改成了“Christine”。

“你小心点，诺思先生。”克里斯蒂娜说。

“你在那所新学校，都学了些什么不三不四的话啊！”

克里斯蒂娜脸变得通红。

“我到这儿来可不是跟你这种人鬼混的。”她说。

一丝不安把她带了回来，没看到弗洛伦斯，她有些失望，部分是因为她想让她高兴一点儿，部分是因为她想表明无论什么工资，她都不会再接受这份工作了。也许，她也想展示一下用给她的钱买的新毛衣。毛衣扣子系得很高，不像那种过时的旧款。

“你为什么不帮格林夫人了？”米洛问，“她想你。”

“诺思先生，现在有你给她帮忙了，不是吗？你总是进进出出。”

她犹豫了一下，不想显得是在打听消息，突然问：“听说他们不想让她继续经营这家书店了。”

“‘他们’是谁？”

“他们想把这个老屋用作别的用途。”

“亲爱的，你为什么要操这个心？”

“他们说她没法坚持下去了，他们会起诉她，那就是说，得上郡法庭。她得发誓说只讲真话，除了真话，什么都不说。”

“希望不要到那个地步。”

克里斯蒂娜觉得她没能够重申自己的地位。她走着小碎步，这儿那儿掸掸灰——掸子得洗洗了，她说——边说边以一种陌生的熟悉看着书架上的老相识。

“这些不应该跟贴画放在一起。”她说，拿起两卷本的《简编牛津英语词典》。

“没人想买。”

“但它们也不是贴画。它们属于存货栏。”

没什么可做的了。即便现在是一天结束的时刻，也没什么需要摆对地方的了。

“我没觉得这个店有什么不对劲的，除了很潮湿，还有，说不清楚敲门鬼什么时候又来捣乱。”

“当然不会有什么特别不对劲的，否则我不会在这儿。”

“那你打算在这儿干多久？”

“我不知道，我可能没精力待很长时间。”

“你也许都没力气站起来走走吧。”克里斯蒂娜说，带着轻蔑的表情看着他坐在那儿。如果有点园子里的活让他干干，应该会对他有点好处，她想，即便是几排萝卜。

“我帮忙的时候，从来没有时间闲坐。”

“你当然不会有了。你要么是个孩子，要么是个女人，这两种人都不知道该怎么放松。”

“你小心一点。”克里斯蒂娜说。

# 10

*

1960年的美好夏季刚刚过完，寒潮就早早来了。十月初，雷文就颇为悲观地说起牛群了，牛群可怜地咳嗽起来。清早，浓厚的白雾即升到了它们的膝盖处，它们的身体看起来就像浮在雾中，头上的大耳朵耷拉下一半，偶尔过来一个路人，头就会在一团呼出的水气中缓缓转过去。

雾将近正午才散，四点不到，又开始下雾。这样的天气出门，布伦迪希先生简直是疯了。然而在霍尔特屋，布伦迪希先生独自一人，慢条斯理地准备着要出门访客。十点四十五分，他已经穿得像个花花公子了：一件毛领子大衣、一顶灰色洪堡帽，帽顶比那时候一般的要高点。哈德堡本地人在秋风乍起时就会围上羊毛围巾，布伦迪希先生也围了一条。在门厅众多候用的拐杖中，他挑了一根。

因为雾，只有帽子和布伦迪希先生的大半个身子可见，他走过罗普街、西普街、安森街时，因为阵阵咳嗽或哮喘，会弯下腰。那些从窗户一眼看到他的人，最初以为他可能是去看医生，或者是去教堂，那就更不可思议了，因为布伦迪希先生已经好多年没做过礼拜了。他脸色苍白，似乎十分痛苦，但给人的感觉仍是温和的。

如果既不是去教堂也不是去看医生，那就只可能是去施岱德庄园了。尽管实在是令人难以置信，但布伦迪希先生正费力地走上前门的台阶。雾终于散了，他正站在那儿摁门铃。

加马特夫人正记着当天上午的日志，已经写下“星期三，非常糟糕的十月天，绣球花沾了湿气”。她听到了门铃响，却对这种打扰不置可否，但弄明白是谁造访后，她立即起身。人们是亲眼看着他从霍尔特屋走过来的，仍觉得难以置信，她跟那些人一样，也不敢相信眼前的事实。在这儿帮忙洗涮的本地年轻女孩已经开了门，她呆若木鸡，就好像亲眼看到树在走路。

要是被这个烦人的老者接受，那就意味着进入另一个维度的时空了——他代表过去几百年住在此地的萨福克人，他代表这个镇如今的沉寂和审慎的存在。她刚到此地的几个月里，每次向他发出的邀请都被拒绝了，理由总是健康欠佳。霍尔特屋却无疑地总有小型聚会，有的尊贵客人还留下来过夜，还有东英吉利来的世交。也许只邀请男士——但加马特夫人不相信，因为她自己的老公从未收到过邀请，而且据说格林夫人就被请去喝茶了。另一方面，将军却站在男性立场上，开诚布公地说老布伦迪希先生是个正派人。这个评价毫无根据，让加马特夫人恼火得无话可说。

而现在，布伦迪希先生来了。领他进来的时候，他没表示任何歉意，因为在他那个年代，十一点拜访别人没什么不合适的。他丝毫没有掩饰自己的虚弱，也没有假装停下来，花几分钟欣赏宽敞的大厅。他紧紧抓着扶手，艰难地喘息，拐杖“哐当”一声，掉到光亮的地板上。

“我一会儿再捡拐杖，好在我身体的其他器官还撑得住。”

加马特夫人已经出来迎接他了，想着最好还是领他到客厅去。法式大落地窗面朝大海，海面和陆地一样被雾笼罩。他俩都坐了下来。布伦迪希先生没再提自己的健康，转而说道：

“我来是请你做点事。这么说不太礼貌，可我也不知道怎么说更好听。如果你觉得不合适，你可以马上说出来。当然，我可以跟你丈夫谈。”

长久以来已形成习惯，加马特夫人从不觉得有什么事需要请示她的丈夫。她这位客人的注意力似乎有点摇摆不定，又似乎停滞了，因为相当长的一段时间里，他坐在那儿，闭着眼睛，脸色苍白不已，就好像被海水漂白过。然后他继续说：

“奇怪的体验，头昏眼花，没法说清应付得对不对，什么都不存在了，也记不清上次是怎么回事。你最好给我喝点什么。”他以完全一样的语气大声补充说：“这婆娘不应该不给我一杯白兰地。”

加马特夫人犹豫地看着这个被病痛折磨的男人。要是他突发某种疾病，最该做的就是叫医生过来，那么他就会被带走。那他就欠她一个人情，任何人在别人家病倒都会有这样的感受，虽然她意识到布伦迪希先生也许没有感恩之心。但他不可能在这样的天气，这么费劲地从霍尔特屋跑过来，仅仅是告诉她他身体不好，除非他是想弥补一下十五年来的目光短浅。最好还是别给他喝任何刺激的，她想。

“我去煮点咖啡怎么样？”她问。

“这个女人想毒死我。这一阵会过去。”布伦迪希先生张开手，又合上手，好像要抓住空气，但即便是那个动作里也有尊严。“我要你别再为难弗洛伦斯·格林了。”他说了出来。

加马特夫人大吃一惊。“是她让你来的吗？”

“不！她只是个女人，不再年轻，只想经营一家书店而已。”

“如果格林夫人有什么要投诉的，”加马特夫人说，“她完全可以雇个律师。我感觉她经常换法律顾问。”

“你为什么要把她赶出那个屋子？我本人也住在一栋老房子里，我知道那有多不方便。书店漏风，没资格获得第二次抵押贷款，并且还经常闹鬼。”

老道和训练有素此时帮了加马特夫人的忙。

“像您这么关心这个地方的福利和文化遗产，您有没有想过，这样一栋有历史价值的建筑应该可以有更好的用途。”

这一步走错了，布伦迪希先生一点也不在乎哈德堡的福利或文化遗产。他，从某种意义上来说，就是哈德堡，他从未想过在乎与否。

“悠久与历史趣味是两码事，”他说，“否则我们俩都应该比现在更有趣。”

加马特夫人意识到，虽然她的客人也许是根据某种规矩来谈话，那些规矩却不是她了解的，因此得需要一些其他不同的辩护。

“我再说一遍，我要你别再为难我的朋友弗洛伦斯·格林了。”布伦迪希先生吼道，“别使坏了！”

“您知道的，您的朋友似乎已经违法了，要是我就会三思而后行。如果那样，我当然无话可说。如果她继续我行我素，法律就得执行。”

“我不知道你所指的法是不是那条一年前还不存在的法律条文？偷偷摸摸地趁我们不注意就通过了议会。我指的是强制收购令，也可称之为驱逐，那是个更公正的词。是你让你那个宝贝侄子起草的《私有法案》吗？”

她不会贬低自己的身份来假装不明白这回事。“确实，我侄子的法案可能会影响书店，因为该法案的前提是房产必须空置五年，那刚好适用于老屋。”他怎么知道这些消息的？好像他没走出霍尔特屋，不用看，不用听，就能从看不见的源头抽出消息来。“您知道的，布伦迪希先生，有很多相关部门要考虑。像我——她犹豫了一下——还有像您一样的普通人，根本不知道从何而始。我也算是执法人员，比较习惯为公众服务，但我没有那么专业，我们甚至都找不到该给谁写信。”

“夫人，我很清楚该给谁写信。过去这些年，要是我不弄清楚，我的几百英亩湿地，还有农场地，还有两口抽井，就全没了。我来告诉你吧，老屋的购买者必须是弗林特市郡议会，并且他们必须执行 1946 年的《土地获准批准法案》、1957 年的《房屋法》，以及你侄子恶心的努力所促成的这项法案。要是目前还没什么动静，我们可以结成同盟反对他们。要是已经发出通告，他们愿意收购，我们可以要求在政府督察员在场的情况下召开私人听证会。”

“我们”的意义和分量确凿无误。维奥莉特·加马特非常了解现在提出来的条件。霍尔特屋和施岱德庄园可以结成联盟，至少可以结成工作联盟，作为回报，她得做点什么，虽然她其实无能为力。但那有什么关系呢？她可以拖延。布伦迪希先生得再次造访，继续说服她，她也得拜访他，继续讨论细节问题。他的脑子已经不那么好使了，他会忘记上次说过的话，他会经常来访。她不会有任何损失，反而收获甚丰。此刻，最好别应允太多，那样更明智。

“要是必须得搬，我们完全可以让搬迁更方便。您知道的，比哈德堡大一些的镇上，有很多其他的店可以租借。”

“我并不是在跟你说这件事！你别答非所问！这鬼天气，我到这儿来不容易！——这个女人要么蠢，要么坏。”

“我是希望我能做得更多。”

“我的理解是，你什么也不会做。”

这正是她的意思，也是她的意图。她得恢复阵地，闪烁其词或直截了当都没用，他都看穿了。她敢肯定一定有什么能打动这个可怕的老人，打动他的心。她向他莞尔一笑，这个笑让她明亮的黑眼睛变得温暖，这个笑打动过许多比他还重要的人。

“布伦迪希先生，您不能这么跟我说话。您不明白您说了什么。您一定觉得我无法容忍，是吗？”

布伦迪希先生的表情显示出他在仔细思量每个字，就好像那些话都是石子，他得一个一个确定其价值。

“我发现我既不能说‘是’也没法说‘不是’。‘无法容忍’，我的理解是你觉得‘出乎意料的冒犯’。你毫无疑问是没礼貌的。加马特夫人，你跟我预料的一模一样。”

他靠在家具上，有些吃力地站起身，不是每一样家具都能承受他的重量。他取回帽子，离开了施岱德庄园。那时候雾都散尽了，哈德堡的人能清楚地看到布伦迪希先生，他走到街中间时，倒在了地上，死了。

本地店家与弗林特市商会协商后决定，布伦迪希先生葬礼那天不关门。那天是市集日，应该能多卖很多东西。

“我也不关门。”弗洛伦斯告诉雷文。雷文担任教堂司事，他颇为吃惊，因为弗洛伦斯是有理由参加仪式的，可以说，她比参加仪式的很多人跟死者都更熟。确实如此，但她却没法向他说清楚，她多么希望一个人待着，仔细想想这个奇怪的通信人和护卫者。那天，他戴着帽子拄着拐杖，穿过广场，是有什么神秘的差事呢？

他被埋葬在萨福克教堂坚硬的土壤下，周围都是海难亡故的，11 岁时淹死的海军学校学员，与船员一起失踪的渔夫。那片地的东北角是热爱土地的布伦迪希家族用地。缩在一片沼泽之下的哈德堡，至少那一天是关注的中心。谁晓得老布伦迪希先生认识这么多人呢！并且有那么多亲戚都来了，很多是从伦敦来的。似乎他是皇家协会会员，那是怎么回事？酒馆都申请延长营业时间，施岱德庄园举行了很大的冷餐会，客人们在那儿有说有笑，然后又压抑住笑，却不知道该怎么藏住笑。据悉老人死前并没有留遗嘱，德鲁里先生已经开始了漫长的调查工作，考虑该如何处置霍尔特屋、沼泽地、抽井，以及户头上的 2 705 镑 13 先令 7 便士。

教堂仪式还在进行中，弗洛伦斯没指望有什么顾客，正放下收银机的时候，加马特将军进来了。他站了一会儿，挡住了光线。接着，他明显是给自己下了个命令，往前走了三步。这似乎就用尽了他全部的精神。他一言不发，不安地摆弄着一堆《诺迪》年刊。弗洛伦斯·格林不太想接待他。他有好几个月没来店里了，她推测他一定是被指使来的。想到这儿，她起了怜悯之心，知道他来一定是出于好心。最终，她的仁慈之心占了上风。

“您不是想买书吧？”

“不是真的想买书，我只想进来说句，‘一个好人走了’。”

将军清了清嗓子，他能做的就这么多。“我相信您跟艾德蒙·布伦迪希很熟。”他沙哑着补充说。

“我觉得似乎是挺熟的，但我仔细想想，我这辈子也只在一个下午跟他说过一次话。”

“但我压根都没跟他说过话。当然，他参加了第一次世界大战，但不在萨福克斯步兵团。他是皇家飞行队的，他想开飞机，那真奇怪。”

吊唁的感伤部分说完之后，其他事情将军说起来自如多了。

“另一件怪事是那天早晨他拜访了我们。”

“我猜他想跟你妻子说话。”

“是的，你说得很对，维奥莉特都告诉我了。他费了很大的劲儿拜访她，祝贺她的好点子，我指的是艺术中心那个点子。很抱歉我自己没能跟他说一句话。我得说我从未想过他会对艺术感兴趣。一个好人走了，比我大 12 岁。当你想想这事儿的时候，我想我们任何人都有可能像那样倒下。”

没什么能阻止他这么无穷无尽地说下去。“您午餐不能迟到的，加马特将军。”她知道施岱德庄园的准备工作，还得需要他开酒瓶。

感觉到自己不够识趣，他半是解脱半是不满，告辞离开了。

大约一个月后，老屋在新的《议会法案》下被征用了。因为其中一项规定是该地区不应该有其他无人居住的相同日期的建筑物，牡蛎仓库本来满足这个条件，可以被征用，但很不巧，弗洛伦斯已经下令将其拆掉。威尔金斯近一年的时间几乎都没拆完，最近进展却出奇得快。

大量的纸张信件涌进书店的黄铜邮箱，邮递员为此道歉。其中一封信，弗林特市通知弗洛伦斯·玛丽·格林，根据《1959 年法案》或包含该法案的法案及部分法案的条例，他们要求购买并取得土地和不动产，意向土地及不动产随信附上（但他们忘记附上了）且已用粉色标出。同时购买的还包括前述土地中或土地下的矿产及矿物质，不包括煤。他们将与您以及每个相关者就所述土地购买事宜进行协商，并就上述授权的土地给予你和每个相关者补偿。弗洛伦斯读到这段的时候，觉得敲门鬼该好好闹一闹，但它却没来，她几乎都有些想它了。

该公告也刊发在了《弗林特市-金斯格雷弗-哈德堡时报》上，使得可怜的弗洛伦斯感觉像个通缉犯。老熟人在街上都躲着她，顾客带着吃惊的表情说：哦，我好像在哪儿看到说你的店已经关门了——这些可都不是她想象的。桑顿先生、德鲁里先生和基布尔先生还有他们的妻子都不来店里了，因为店已经身败名裂。

她没自己预料得那么在乎。尽管失败了，但如果你累了，失败也没那么令人讨厌。补偿应该够付银行贷款，还够在其他什么地方租赁物业的押金。变化应该受到欢迎。毕竟，现在她知道，布伦迪希先生本人也接受了新中心这个主意。不知何故，这个想法给她的痛苦比处理意见的通告还要多。

雷文在安卡酒吧，他很想知道弗林特市镇厅那拨人，是如何想法筹到钱买断格林夫人的老屋的，据他们自己所说，他们没一个多余的子儿可花，甚至都没钱把沼泽地里的水抽干。但弗林特市市区议会，跟其他公共机构一样，也不愿意讨论自己的财政状况。康乐委员会在报告里说无论何时，如果真的需要帮助，总有他们可以仰赖并成事的施主，这真是令人振奋。

在弗林特市，弗洛伦斯的律师想到要处理这件事情，最初颇为兴奋，正如他们所说，这是新法案之下的首件诉讼案。他们说到采取行动进行申诉，或者申请调卷令。

“那样做有用吗?”

“嗯，对行政决策提出质疑并不存在任何法律依据，但据说如果公众基于自然正义，可以这么做。”

“什么是自然正义?”弗洛伦斯问。

等律师发现他们的客户没什么钱时，他们放弃了调卷令的想法，转而讨论起补偿金。正像她的其他顾问一样，他们持有悲观敌对的观点。没有商品贬值赔偿金，因为书在法律上跟五金商品看作一样，是不会在搬运过程中贬值的。服务也没有赔偿，因为这只是一个人的小买卖。虽然桑顿先生可能会开玩笑说，这只是“一个女人”的小买卖，但弗林特市的律师没这么说。那就只剩下老屋赔偿一事了。

几周之后，她打电话给他们，他们却说起困难和延迟来。他们这么说意思是，虽然他们自己也很久都不愿意接受，但她压根不可能得到什么补偿。各种镇、乡的规划法案明示：如果一栋房子潮湿到不利于人居住，并且有下沉的危险，那么不应该有任何补偿的要求。

“但老屋在这儿好几百年了，也没下沉啊。我现在还住在里面呢，我也还是个人啊，它也没那么潮湿，夏天还是干透的，隆冬时节也是干的。不管怎么说，还有地呢?”

律师将地称之为“已清除的场所值”，就好像老屋已经不存在了。

“只有是真的事实上的地，才算数，但对地窖的实地勘察却证明那栋房子耸立在半英寸深的水里。”

“什么实地勘察？我没接到通知。”

“很明显是在你不在店里的时候进行的，一个有经验的建筑师泥水匠，约翰·吉平先生被议会派过去做的检查，评估墙面和地窖的状况。”

“约翰·吉平！”

“当然，我们认为他是以平和的方式进去的。”

“我肯定他是，他不是一个暴力的人。我想知道的是，谁让他进去的？”

“你的助手，米洛·诺思先生。大家都认为他做你的助手，就是遵循了你的指令的。你有什么要说的吗？”

“我只想说很高兴他们把这个活给吉平了。他最近找活干很不易。”

“让我们尴尬的是诺思先生签署了一份陈词，说店里潮湿的环境严重影响了他的健康，使得他不适合普通工作。”

“你为什么要那么做？”她问米洛，“有人让你那么干的吗？”

“他们确实经常让我那么干，并且这似乎是最容易做的事。”

米洛不再到店里来帮忙了，她碰巧在公地碰到了他。他没表示要躲开她。事实上，他努力想证明自己还有用，他建议说如果她还想要助手的话，克里斯蒂娜也许马上就自由了，在技术学校仅仅只上了半个学期之后，她就被校长留校察看了。米洛说他不知道具体情况，弗洛伦斯也没追着问。

没什么她能做的了。银行经理有些尴尬地问她能否尽快在方便的时候跟他会晤。他想知道他听说的是否都是真的，她没有任何权利要求补偿金，以及那样的话，她打算怎么偿还贷款。

“我在想重新开始，”弗洛伦斯说，“我觉得应该能行。”

“我不建议你开始另一个买卖。很奇怪，很多人都把银行看作一个慈善机构。有时候，我们该收手就收手。当然，总还有存货。如果那能兑现的话，我们应该差不多能走出困境。”

“你的意思是你想让我把书都卖了？”

“为了还清贷款，是的，那些书，还有你的车。恐怕必须得那么做。”

弗洛伦斯最后既没落下店，也没落下书。确实，她留下了两本人人文库的书：罗斯金的《给未来者言》[1]和班扬的《丰盛的恩典》[2]。每本都有书签：人啊，我会成为你的向导，在你最需要的时候出现在你身边。罗斯金的书里也有一朵压干的龙胆花，也许五十年前的春天，它曾被带到瑞士。

1960年冬天，弗洛伦斯先送走沉重的行李，搭乘汽车经由萨克斯福德·泰伊和国王墓地，前往火石集市。沃利替她把手提箱送到了汽车站。洪水再次泛滥，路两边的田野都浸在闪闪发亮的水面下。她在火石集市搭乘10点46分的火车去利物浦街站。火车开出站时，她坐在那里，羞愧地低着头，因为她生活了将近十年之久的小镇，并不需要一家书店。

---

1 英国作家、评论家、艺术家约翰·罗斯金（1819—1900）的作品，由四篇关于经济的论文组成，1862年首次成书出版。该书对英国劳动党有很大影响，也启发了甘地从事不抵抗运动。

2 全名《对罪魁的丰盛恩典》，告白体自传，是班扬在监狱里完成的，包含《罪魁蒙恩记》《得救是本乎恩》和《适时的劝勉》三个部分。

# 附 录

二十世纪九十年代中期，我在西伦敦一家书店工作了几年。我负责儿童部“大脑、身体和灵魂”板块，手里拿着一根铁杆，伴随着孩子们吵吵闹闹的不满，监督他们。我的同事大多是英国文学方向的本科生或研究生，知识渊博，对文字充满激情。没错，我们是店员，但我们卖的是书，而不是袜子、土豆或者平底锅，卖书的事实给予了这份工作一定的尊严，几乎像某种荣誉。即便我们的畅销书是体育类传记、空军特种部队的回忆录或贺卡，图书销售仍可算作学术的一个分支。书很重要，与其他商品不同，它们让人“进步”。

弗洛伦斯·格林，菲茨杰拉德第二本小说的女主人公，是东萨福克小镇上一家书店的店主，她的感受与我们一样。在写给她律师的一封简短的信中，她引用了人人文库版衬页里的一句话：

> “一本好书是一位大师的呕心沥血之作，超越生命的生命，值得永久珍藏和怀念。”这样的

物品当然是必需品。

佩内洛普·菲茨杰拉德肯定也这么认为，虽然她可能会以更平实的语言表达出来。难道不是所有的小说家都认为书籍彼此各异，且必不可少吗？布置书店时，弗洛伦斯把带着“破旧的尊严”的人人文库的书，放在了宗教和家庭医学之间，难得这不是文学应属之地吗？介于精神、世俗与实用之间。

但让人吃惊的是，在这本名为《书店》的小说中，并没有书，或者具体点说，没有小说及文学书。哈德堡镇的读者对约翰·罗斯金、济慈、简·奥斯汀、T. S. 艾略特还有亨利·詹姆斯没有兴趣。他们喜欢有关皇室和空军特种部队的书，观察员指南，弥赛亚歌谱以及贺卡（我认为这表明图书生意没怎么变）；菲茨杰拉德从那些平庸到令人咋舌的书籍标题中得到了快乐：《建造你自己的小赛艇》《我为元首飞行》《古不列颠的日常生活》等。书籍不是按照主题，而是按照人气来分：A 类、B 类、不招人待见的 C 类书，以及受到“特别青睐”的书，比如标题类似《中国思想史》的书。一本好书也许是一位大师的呕心沥血之作，但对银行经理而言，它们起到了另外一个用处：

> “但别误解，我也发现床头一本好书，价值无可估量：每次躺下休息的时候，还没读几页，我就睡意浓浓。”

文学或者具体而言小说怎么样？书中唯一详细提到的小说《洛丽塔》挽救了弗洛伦斯的生意，但关于该书的内容、人物、主题及故事情节却无任何讨论。布伦迪希先生的评价非常中肯：

> “这是本好书。你可以试着把这本书卖给哈德堡居民。他们不一定懂，但那就是好的地方。理解使思维懒惰。”

最后一句话是典型的菲茨杰拉德的句子，颠覆了传统而感伤的观点。艺术、文化与文学似乎没有改善哈德堡任何一个人。本社区最有“文化”、最“艺术”的人也是最恶毒的。对邪恶的加马特夫人来说，对“文化”的兴趣能带来社会地位及成熟的幻象。她将很乐意地放弃同情以及体面，来建立她自己心中珍贵的艺术中心，如果小镇要与高贵的奥尔德堡竞争的话，那将是至关重要的。充满魅力的米洛为受人敬重的 BBC 工作，那是自由人文价值观的堡垒，然而，他懒惰、自负，偶尔还冷酷无情。“他的感情，因为疏于表达，几乎已经消失殆尽。”他看起来的礼貌实则是极其自私的伪装，这是另一个典型且精辟的菲茨杰拉德观察：

> 毕竟彬彬有礼不等于人好。他多变的个性找寻并抓住别人的弱点，感觉到对自己有利时，内心便安顿下来。

即便是毫无希望的水彩画家西奥多·吉尔（“他觉得不应该放弃世纪之交的愉悦画风”），也是自负、自私、麻木不仁的。弗洛伦斯这边，有体面、忠诚的人物——克里斯蒂娜、沃利、雷文，他们一点也不矫情，对文化及随之而来的社会地位毫不在意。克里斯蒂娜喜欢贴画和书签，不喜欢读书，她只读《邦蒂》：

> 她的愤恨针对每一个跟书籍和阅读有关的人，每一个认为写小作文是成功条件的人……她恨透了这一切。

值得注意的是弗洛伦斯的主要同盟者中，除了布伦迪希先生外，大多都属于工人阶级，并且弗洛伦斯跟布伦迪希先生只见过一次。就吉平一家而言，他们几乎可算是底层。书中有间接提及的乱伦，无人管教的孩子，他们吃蛆虫，互相扔石子或甜菜。

哈德堡并非真实世界，它既孤立又封闭，其狭隘的庸俗主义出于喜剧效果被夸大了。菲利丝·尼姆，佩内洛普·菲茨杰拉德曾工作过的索思沃尔德书店（Southworld Books）的店主，对该镇形象进行了辩护，坚称真实生活中的每个人都更友好。但这个虚构的小镇并不新奇。这是一个冷酷、阶级森严的地方。有一段话颇让人惊讶，克里斯蒂娜的母亲讨论教育，对克里斯蒂娜未能通过可怕的11+考试所带来的实际后果，她突然变得口若悬河：

> "她是我们家第一个没能上文法学校的。我们称之为死刑。我对技术学校没什么看法，没意见。但这就意味着，她没什么机会碰上并嫁给一个白领小伙了。除了体力劳动者或失业的，她再没什么可挑的了。相信我，格林夫人，直到她死的那天，她自己的衣服都得她自己洗。"

与之形成对照的米洛·诺思，"日子过得轻轻松松"。

弗洛伦斯和吉平一家作风正派但毫无权势，恶毒的加马特夫人一句小小的评论就能在议会产生反响，并最终毁掉一桩营生。智慧与此没有任何干系。克里斯蒂娜有点怪，但同时她聪颖、精明、活力四射并且很有洞察力，而加马特夫人的侄子，那个很容易就被影响的议员，“非凡、成功但愚笨”，他导致了弗洛伦斯的失败。跟弗洛伦斯一样，克里斯蒂娜也未能成功，因为她不知道“下一个数字该是什么”。在该书最令人难忘的一幕中，表示文法学校接受函的白信封和技术学校的黄信封之间的差异，就是成功与卑微之间的区别。“哈德堡的孩子在有了很长一段人生经历回头再看时，还会记得那些静候在课桌上的信封，那么令人痛苦，又那么意义非凡。”

虽然阶级在《书店》中几乎无处不在，但金钱和社会地位并非唯一的区分依据。菲茨杰拉德的同情和本能，正如弗洛伦斯，是自由主义、反独裁的，从这个意义上说，这部小说是政治性的。但生活中真正的分界、真正起作用的分界点，是“以根除者和被根除者来划分，其中前者，始终统治着后者。”这是菲茨杰拉德作品中反复出现的一个主题，尤其是在早期几部根据她生活经历书写的小说中更是如此。很难再想到哪个小说家，书写失败时怀有更多的同情和见地。《书店》在《金孩》（*The Golden*

*Child*）之后，她称之为“她的第一部正统小说”，清楚地表达了这一点。弗洛伦斯看重善良胜过一切。她正派、讲原则、勤劳而不势利。然而面对加马特夫人和米洛·诺思的联合力量，还有冷漠的银行经理和腐败的律师，她没有任何机会。小说最后一句话读来令人痛心，但弗洛伦斯这句话最为悲伤：

“不成功便成仁。”

即便是像布伦迪希先生的茶壶那种看起来毫不起眼的东西，也承载了警示：“一事无成就是全盘皆输。”比敲门鬼更让人害怕的是老年孤独的幽灵。弗洛伦斯从收音机里听到：“比起二十世纪初的 45.8 岁和 52.4 岁，现在男性的预期寿命是 68.1 岁，女性的是 73.9 岁。她尽量感觉这消息令人鼓舞。”

菲茨杰拉德以她那种典型的自我贬低，称《书店》为“一个有着悲伤结尾的短小说”，我想她这么说很对，但她忽视了其中的智慧和趣味。后面那部《弗雷迪戏剧学校》（*At Freddie's*）更明朗轻松（是我认为二十世纪最了不起的幽默小说之一），当然，《书店》中也有很多精彩片段。菲茨杰拉德常被谈到的伟大天赋是她语言的精准和简练。因此，在她笔下，海上童子军“方正可靠得像一块草砖”，而吉尔先生笑得“像只蛤蟆，毕竟蛤蟆也没有别的表情”。或者这句，这是我最喜欢的句子，更加搞笑：

> 这两颗牙是去年冬天莫名其妙磕破的——晾衣绳上的衣服冻硬了，她（指克里斯蒂娜）在一件冰汗衫上撞了个正着。

还有一个更讽刺的社会幽默，独特的英国式的。裁缝做了一条极不合身的大红裙子，弗洛伦斯温和地建议说：“也许我应该尽量大部分时间都靠墙站着……”许多幽默接近荒谬，沿袭了狄更斯的传统。比如人物的姓名，弗洛伦斯·格林是个很实在很明智的名字，但吉平、卡茨、德本、布伦迪希这几个名字呢？加马特借用的是巴尔扎克《图尔的本堂神甫》中的加马特小姐一名，她冷酷、庸俗。即便是米洛穿红色紧身袜的典型非传统女友凯蒂，其名字也有一个额外的字母“t”。

我是在读了很多缪丽尔·斯帕克（Muriel Spark）的作品之后开始读佩内洛普·菲茨杰拉德的。斯帕克和菲茨杰拉德都以清晰精炼的语言创作小篇幅作品，经常带有自传成分，尤其在早期作品中。两人均以温雅而闻名，这种风度不是那些强硬、尖刻的作品的特点，两人对善恶及宗教有共同的兴趣。两位作者在呈现孩子时并非把他们呈现为纯真无辜者，他们像成人一样坦诚，犯错。她的人物经常是在艺术与文学世界的边缘，贫困和失败比成功更普遍。最引人注目的是，她们都有这种能力，能将平凡和日常与超现实、超自然以及暴力结合起来。因此两位作家都写鬼故事就不足为奇了。哈德堡没人对敲门鬼表示震惊，没人怀疑，也没人试图去解释。这个地方，浴室都能“带着警惕，像目击了什么的样子”，西葫芦被挂起来酿成酒，苍鹭飞翔时，嘴里衔着到了它嗓子里一半但仍挣扎着的鳗鱼。一个中年女人用尽全力，揪着马滑溜溜的大黑舌头。地域感棒极了，风景的描述没有任何多余文字，就是那种标志性的简约：

> 从地平线一头到另一头，天空明亮起来。高空的白云绵延不绝，倒映在波光粼粼的水里，沼泽地看起来就像在云层之间。

哈德堡是一个极端之地，几乎是一个岛，与城市生活隔绝，但并非穷乡僻壤。人物刻画被强化了：邪恶的加马特夫人“黑亮的眼睛似乎由某种机件撑开着，睁到大得不能再大”。克里斯蒂娜·吉平也许是塑造得最生动的人物，她有透明的肌肤，轻柔的头发和磕破的牙齿。我想不出还有哪个作家写孩子好过佩内洛普·菲茨杰拉德。正如塞林格，她对孩子真正有兴趣。他们没有被保护起来，也没有被理想化。克里斯蒂娜脾气暴躁、无所畏惧、毫不客气：

> “格林夫人，您没孩子吗？”
>
> “没有。我本来很想要的。”
>
> “可是您已经过了那个年龄段了。”

然而即便被冷落时，弗洛伦斯对克里斯蒂娜仍保持忠诚。菲茨杰拉德从未过分夸大或者矫饰这份母性的纽带。如果与书籍的大量接触不能提高克里斯蒂娜，那人与人之间的接触肯定还是可以的：

> 过去的几个月，她俩之间少不了互相影响。如果说弗洛伦斯适应力更强了，那克里斯蒂娜则变得更敏感了。

在一个寒冷的九月傍晚，她俩坐在石蜡加热炉旁边，

“像淑女一样舒服地坐在椅子里”。

有一段时间，我常将故事改成剧本。第一次读某本书时，小而顽强的声音总会一直伴随着我：“这部作品搬上银幕会怎样?”《书店》无疑属于改编难度较大的那一类小说，但安娜·玛西（Anna Massey）曾作为主演被考虑过。另一个改编计划也有些眉目。[1]它能制作成一部不错的电影，但忠实的改编必须考虑到作者的态度，作者拒绝提供轻松或者令人慰藉的答案。整部小说，菲茨杰拉德拒绝履行她设立的期待。弗洛伦斯和米洛之间有调情吗？弗洛伦斯的丈夫怎么了？我们会在倒叙中弄清楚吗？克里斯蒂娜会喜欢上阅读吗？也许应该有个场景：深夜，她发现了《简·爱》！弗洛伦斯会采取一个英雄主义立场，来公开反抗加马特夫人吗？发表一大通演讲？也许本地人会支持她，或许布伦迪希先生会介入，然后挽救一切？

但这并非一部温馨的亚伊林喜剧[2]。佩内洛普·菲茨杰拉德开心地拒绝了那些陈词滥调，而正是这一点让她成

1 2017 年，西班牙导演伊莎贝尔·科赛特（Isabel Coixet）将《书店》搬上银幕。同名电影由艾米莉·莫迪默（Emily Mortimer）主演，比尔·奈伊（Bill Nighy）出演布伦迪希先生。电影获得 2018 年戈雅奖最佳影片、最佳导演和最佳改编剧本三项大奖。——编者注

2 Eating Comedy 是指 1947 年至 1957 年间，伦敦的伊灵公司出品的一系列喜剧电影。代表作品有 1949 年的《仁心与冠冕》。——编者注

为了不起的小说家。期望被不断否定，没有解释。为什么布伦迪希先生会为一个没怎么见面的女人辩护？是什么激发了加马特夫人如此令人震惊和持久的怨恨？我们从未真正搞清楚。我们对弗洛伦斯的过去知之甚少，对她的未来也没有什么头绪。人物刻画非常简洁，或者说我们认为的主要人物，由缺席和在场两个方面同时定义。弗洛伦斯“从前面看，个子瘦小，其貌不扬，从后面看更是如此。即便这样，也没人谈论她”。

然后是结尾。菲茨杰拉德是一位一流的幽默作家，最好的之一，但她的幽默与悲伤是分不开的，尤其是在结尾的时候（《弗雷迪戏剧学校》和《离岸》也以类似的垂死挣扎结尾）。《书店》的最后一段没有忧郁，没有情绪，没有长篇大论，也没有依依惜别，甚至连对话都没有。语言平淡实在，只用了一个词来形容弗洛伦斯的感情。但这是个很可怕的词，这本书的最后一句话是我读过的最悲伤的句子。悄无声息，却压倒一切，就像这部小说本身。

大卫·尼克斯[1]

---

1 大卫·尼克斯（David Nicholls，1966—　）是英国著名作家，畅销代表作《一天》（*One Day*）曾改编为同名电影，由安妮·海瑟薇主演。